Lisez plus avant, vous êtes mort

Du présent livre, il a été tiré 300 exemplaires sur papier Munken Volume.
Exemplaire n° 23

Relecture : Anne Le Tilly
Réalisation du logotype : Aliénor Nicolas

Éditions du Nocher
8, boulevard de Ménilmontant
75020 Paris

ISBN : 978-2-36749-109-7

Philippe Nicolas

Lire Tue

Les éditions du Nocher

16

« Cher ami »,

La dernière fois que je vous ai vu, c'était dans cette librairie où vous avez coutume de venir flâner. Vous musardiez indécis dans les rayons à la recherche d'un livre.

Vous avanciez détendu, réceptif à la nouveauté, enthousiasmé par l'odeur du papier feuilleté vous enveloppant tel un début d'histoire. Vous avez attrapé ce volume. Il se présentait sous un emballage transparent aux finitions luxueuses, à la manière d'un bouquin d'art. Est-ce ce détail qui a emporté votre choix, ou bien le titre de l'œuvre ?

Avec son cellophane thermocollé dénotant un positionnement haut de gamme, le paquet lisse dégageait une apparence de coffre-fort, d'objet dangereux, interdit. Il était *vendeur.*

Et le seul fait de le décrire à présent amplifie encore en vous l'envie de le lire. Notamment à cause du mot « dangereux »...

Quel autre mobile dans votre choix ? Le recueil se trouvait sur les tables d'exposition parmi les sorties du mois. Il ne bénéficiait d'aucune promotion particulière. Vous n'avez pu l'ouvrir, du fait de son enveloppe protectrice, et la quatrième de couverture à l'accroche énigmatique se révélait dépourvue de tout renseignement sur l'ouvrage, de même qu'elle était vierge de toute biographie me concernant.

Le vendeur du rayon littérature vous aura indiqué que c'était un livre surprenant. Vous avez confiance en ses choix éclectiques, à l'image de la librairie qui l'emploie et prescrit de tout, y compris des auteurs « indépendants ». Vous aimez les coups de cœur de cette institution respectable, dont la lumière chaude vous évoque votre salon, votre chambre, votre moment de lecture, et venez régulièrement vous approvisionner à sa table d'inédits, qui vous offre un sentiment d'exclusivité en même temps que d'appartenance à une communauté.

Vous avez également jeté votre dévolu sur cet ouvrage pour un autre motif : sa petite taille. Vous vous êtes dit qu'un tel achat n'engageait guère. Un divertissement à l'aveugle, pourquoi pas s'il est expéditif ? Cette idée de déguster à la va-vite un plaisir clandestin vous a excité, telle la perspective d'un cinq-à-sept littéraire. Vous avez jugé que vous pourriez lire le volume d'une traite. Et vous avez eu raison. Je vous certifie même qu'une fois ouvert, il serait hasardeux de le lire autrement.

Vous êtes donc reparti avec une alléchante distraction sous le bras, que vous vous estimiez en droit de consommer puisque vous l'aviez réglée. L'opuscule est vraiment devenu vôtre à cet instant-frontière du *bip* émis par le lecteur de code-barres. Son prix s'est affiché en lettres vertes sur l'écran surélevé de la caisse, ainsi que son titre, qui n'était au demeurant pas celui imprimé sur la couverture du bouquin. Vous n'avez pas prêté attention à ce détail, sur le coup…

Maintenant que vous voici confortablement installé dans votre salon et que vous avez ouvert mon livre – ou plutôt *votre* livre –, je tiens à souligner un point qui vous paraîtra tout bête au premier abord : votre lecture compte énormément pour moi. J'entends par là votre attention, la qualité de votre lecture. Non que vous soyez critique littéraire et que j'espère de vous quelque jugement favorable dont je puisse tirer gloriole. Simplement, le fait que je vous aie *choisi* justifie et nécessite la plus grande concentration de votre part.

Je ne vous exhorte pas pour autant à lire entre les lignes. De tels procédés me rebutent. Je suis là pour vous dire une chose en face et je le ferai, quoi qu'il en coûte. Je vous garantis que le sel de mon œuvre se trouve concentré dans ses lignes.

Je me permets d'insister, cependant, car je constate à quel point vous lisez avec désinvolture…

Vous en doutez ?

Mais vous m'en fournissez la preuve !

Et dès les premiers mots !

En déchiffrant « Cher ami », vous avez cru que je m'adressais à quelqu'un d'autre.

À qui donc ?…

Au « lecteur en général » ?

Un hôte bouquine-t-il par-dessus votre épaule, dans ce halo de lumière protectrice tombant de votre abat-jour ? Tenez-vous salon en élégante compagnie pour m'honorer d'une lecture collective ?

Alors ?...

Alors vous êtes seul. Les bruits montant à vos oreilles dans le silence de votre séjour sont ceux de vos doigts tournant les pages. Les odeurs chatouillant vos narines sont celles de votre corps se dandinant sur son fauteuil. Et c'est bien à vous que je m'adresse, dans le face-à-face de *notre* lecture.

Si j'avais voulu correspondre avec un ami, je lui aurais envoyé une lettre. « Cher ami », évidemment, avait pour but de marquer l'ironie. Je croyais que vous l'auriez compris, vu le titre ! Et l'avertissement de la première page !

Il aura donc suffi de deux malheureux guillemets pour vous illusionner. Vous avez cru que mon apostrophe allait interpeller un inconnu en vous passant au travers du corps comme s'il était une matière sans consistance. Vous avez même dû penser que ce « cher ami » était un personnage fictif !

Mettons d'entrée de jeu les choses au point : nous ne sommes pas au zoo en train d'admirer des mots dans une cage dorée. Les propos ne se trouvent pas muselés et vidés de leur sens par une mince paire de guillemets. Tout circule en liberté ! Et je ne m'adresse pas à n'importe quel lecteur, ni au « lecteur en général », derrière lequel vous pourriez vous abriter par un effet de masse. Je m'adresse à VOUS, en chair et en os, cueilli à froid dans votre salon, avec vos méninges subitement mises en éveil, vos sourcils froncés, vos poumons qui ventilent plus amplement depuis quelques secondes et, surtout, votre acte de lecture, qui vous procure d'ordinaire du délassement mais se trouve brusquement, pour la première fois de votre vie, en passe d'emporter de graves conséquences !

15

Reprenons notre calme…

Je vous sens désarçonné, mais au moins la situation se clarifie pour vous, en même temps qu'elle se gâte.

Vous ne percevez cependant pas encore pourquoi je vous ai choisi, vous, qui êtes un homme affable et sans histoires ? Qui chérissez votre famille, êtes aimé de vos semblables, estimé par vos pairs, loué par votre hiérarchie ?

Votre tempérance ne constitue pas un blanc-seing pour moi, qui suis tout sauf pondéré. Je vous dévoilerai bientôt votre vraie nature, la singularité de votre état. Mais ne commençons pas par les choses tristes.

Vous adorez la littérature. Acheter des livres vous réjouit. Les lire vous comble. Entre ces deux dadas, vous remplissez avec délectation les rayonnages de votre bibliothèque de vos acquisitions. Un pan entier de votre séjour se trouve ainsi couvert d'ouvrages, qui en composent la décoration idéale à vos yeux. Les bouquins, nés de brisures de bois et de broyage d'idées, n'égaient-ils pas vos murs aussi artistement que des lambris ou des tableaux ?

Vous affectionnez les polars car vous brûlez de jouer les détectives. Vous avez d'ailleurs acheté ce recueil parce que vous croyiez que c'en était un. Vous cédez à la tentation des publications étrangères et des thrillers, opérez des incursions dans la poésie, allez au théâtre plutôt que d'en lire. Vous avez abandonné les sagas et cycles en tous genres au profit des séries télévisées qui sont passées reines en l'art de feuilletonner.

Vous ne fréquentez guère les salons du livre, dans lesquels vous vous sentez intimidé et, plus encore, incommodé par la présence des auteurs, qui ne sont pas tous morts et s'avèrent de parfaits inconnus pour vous, à l'inverse de leurs ouvrages. Vous redoutez d'être confronté à des vivants susceptibles de vous décevoir, risquant de vous parler, de solliciter votre avis même, comme si leurs œuvres étaient des missives appelant réponse, des installations participatives.

Pour le reste, l'esprit d'équilibre gouverne votre vie quotidienne. Vous possédez un ordinateur, un smartphone, mangez des burgers et des produits bio, êtes sédentaire la semaine et sportif le week-end. Vous fréquentez les multiplexes et les cinémas de quartier, portez des jeans tandis que vous conservez vos vestes dans une penderie, croyez aimer le tweed quand vous aimez le mot.

Vous possédez d'autres qualités encore qui me sont étrangères : vous attirez la sympathie, agissez en honnête homme, acceptez les règles bridant votre libre arbitre. Contrairement à ce que vous avez cru un temps, vous n'êtes pas un protestataire, mais un légitimiste. Héritier des Lumières, positiviste, vous êtes un enfant de tous les siècles, à l'exception du dernier, trop disruptif, trop frénétique, qui brise la lignée et vous laisse orphelin. Qui fait de vous un homme de transition.

Quel mal à cela ? m'objecterez-vous. Vous avez digéré mon étude de caractère comme un portrait-robot fidèle et somme toute flatteur, ne voyant pas en quoi cette énumération de qualités banales relevait d'un signalement à charge. Vous avez savouré au passage ma peinture de votre bibliothèque en jetant un clin d'œil fier à l'agencement de vos livres, classés sur vos étagères par tailles et par couleurs dans un but esthétique. Votre esprit s'est régalé à l'évocation du frottement soyeusement rêche de votre jean sur votre cuisse.

Vous estimez surtout que ma description embrasse les trois quarts de la population et ne discernez toujours pas ce qui vous distingue des autres lecteurs…

J'aime votre faculté, déjà éprouvée, à vous abriter derrière le nombre, qui est l'un des apanages du légitimiste. Vous ne vous en tirerez pas cependant avec une étiquette sur le front qui vous dédouanerait de tout. Je vous livre un premier indice qui dissipera votre chimère du « lecteur en général », en réduisant sans délai la taille de l'échantillon dans lequel vous vous fondez :

Vous n'êtes pas une femme.

Rien de plus logique, puisque je m'adresse à vous au masculin depuis le début. Mais cela va mieux en l'écrivant.

Cette indication n'est pas mince. Elle signifie, pour être plus explicite, que les femmes ne se trouvent aucunement visées par ce qui se produira dans les prochaines pages. En d'autres termes, elles sont *immunisées* contre les effets secondaires de ce livre, qui s'avéreront des effets de premier ordre vous concernant.

Les lectrices sont protégées par le talisman de leur genre. La grammaire est une force puissante…

A contrario, si vous me permettez une lapalissade, vous êtes un homme.

Cette évidence ne vous apporte guère d'informations sur vous-même, certes, mais vous éclaire sur moi, qui suis un homme également, et sur mes motivations, qui ne sont nullement bienveillantes.

Mon acrimonie vous surprend ? Vous considérez que je n'ai aucune raison de vous en vouloir, puisque je ne vous connais pas ? Et vous estimez qu'en tout état de cause, je ne peux rien contre vous ?

Erreur, « cher ami ». Double erreur.

Premièrement : *je vous connais…*

Deuxièmement : j'ai un immense pouvoir sur vous.

Et c'est bien VOUS que je vais tuer.

14

Votre pouls s'est emballé lorsque j'ai prononcé le mot *tuer*. Mais qui suis-je donc, pour vous chercher querelle ? Un psychopathe ? Un flic reconverti dans le crime ? Un ancien collègue de bureau qui ne vous appréciait pas tant, un ami d'enfance ? À votre tour de jouer au portrait-robot.

Vous ne disposez d'aucune biographie sur la quatrième de couverture. Pour toute identité, ce pseudonyme composé de deux prénoms banals…

D'abord, je ne suis pas beau. Je le suis assez cependant pour séduire nombre de femmes, dès lors qu'une autre qualité me distingue. Nous nous comptons nombreux dans cette frange intermédiaire. Vous-même vous y rangez naturellement et une femme se dresserait entre nous que nous pourrions être rivaux.

Soyons clairs, je ne vous en estime pas pour autant. Ne prenez pas ma clairvoyance sur ce que je suis pour une approbation de ce que vous êtes. J'insiste, car j'ai discerné que le mot *rivaux* vous donnait le sentiment de nous placer sur un pied d'égalité.

Venons-en maintenant à mon second trait distinctif : je suis un écrivain. J'espère qu'en fin limier – puisque vous adorez jouer les détectives – vous avez établi le lien avec ce qui précède, à savoir qu'il s'agit de cette « autre qualité qui me distingue » et par laquelle j'aspire à séduire nombre de femmes.

C'est même dans ce but que je me suis mis à écrire, comme tant d'auteurs. Les écrivains sont cette confrérie qui contrôle le maniement des mots tels des maîtres d'épée. Ils forgent la langue à leur image pour imposer au monde leur vision. Ils transgressent les lois communes de la perception, forcent le sens, règnent sur les pensées, plient les êtres à leurs désirs. Ils conquièrent l'humanité, qui les proclame universels, rançonnent la gloire et ravissent les femmes.

Toute littérature est un enlèvement des Sabines.

Tout langage qui perce culbute d'autres langages, les écorche de sa pointe, les raye, les rature pour les changer en runes obscures et en ruines barbares.

Mais je m'échauffe à nouveau. Vous n'avez cure de mes états d'âme et bénissez la sagesse qui vous avait conduit jusqu'à présent à éviter les auteurs. Vous préférez sans doute savoir pourquoi je vous tue.

Comme vous ne me connaissez pas assez, vous peinez encore à cerner l'origine de ma rancœur, disons, le mobile. Alors vous me prenez pour un fou, dans une sorte de compassion inhérente à votre caractère… Cette hypothèse vous ferait pourtant le plus grand tort, car elle relèverait de l'acte gratuit, ce qui vous causerait un double désagrément : votre mort s'en trouverait ridicule, à l'opposé de la fin honorable à laquelle vous aspirez, et de surcroît impunie, car l'acte gratuit est l'un des adjuvants du crime parfait.

Fort heureusement pour vous, cette histoire d'acte gratuit a été amplement purgée par la littérature, ainsi que par le théâtre et le cinéma, ce qui vous évitera d'essuyer les plâtres et de passer pour le dindon du drame. Je donne dans bien des extrêmes, à l'exception de la folie. Et surtout : je vous connais. Il existe une raison *personnelle* à votre assassinat…

Creusez un peu, en fin limier. Que savez-vous de moi ? Les femmes… la littérature… que je chéris avec une vénération sans bornes.

Commençons par les femmes. Le fait d'avoir sexué mon lectorat engendre de lourdes conséquences. Comme je vous l'ai indiqué, nous sommes potentiellement rivaux… Imaginez que j'aie décidé de vous abattre afin de restreindre le nombre de mes adversaires. Si j'écris pour séduire, je peux également me soucier d'éliminer la concurrence pour multiplier mes chances…

Vous ne me croyez pas et vous vous gaussez en vous trémoussant sur votre siège. Vous rejetez cette éventualité, alors que vous aussi avez maintes fois caressé en pensées le projet d'exterminer vos opposants, en dépit de votre nature pacifique. Simplement, vous considérez que les causes sont disproportionnées aux effets. Je m'adresse à une foule de femmes, tandis que ce volume est dédié à vous seul : votre disparition ne rééquilibrerait guère en ma faveur le marché de la séduction.

D'abord, je salue cette prise de conscience : l'approche de la mort vous rend humble. Mais je tiens surtout à vous répondre sans détour.

Et si nous parlions tout bêtement… d'un micromarché ?

Au fond, nous fréquentons les mêmes librairies…

Nous sommes *voisins*…

Si le sujet était plus prosaïque que vous ne le pensez ? Si je convoitais tout bonnement *votre femme* ? Votre maîtresse ? Une personne sur laquelle vous avez jeté votre dévolu et dont je suis éperdument amoureux ? Une inconnue qui s'est trouvée, par hasard, à la croisée de nos regards ?…

Vous riez moins, à présent. Votre mémoire s'est mise en branle. Pas celle que vous contrôlez, archivée de façon méthodique, mais l'autre, celle du corps, qui vous remonte de manière diffuse une foule de sensations désordonnées, caressantes, piquantes, ensorceleuses.

Comme elles sont puissantes, les émotions inaltérées dont votre chair a conservé la marque. Et combien vive, cette mémoire non indexée, prête à jaillir, imprévisible comme l'avenir…

Combien magique aussi, ce moment d'exception, que vous n'auriez jamais vécu sans moi, dans lequel toutes vos amours ressurgissent en même temps à l'intérieur de vous-mêmes… en mêlant leurs couleurs, leurs parfums, dans un bouquet unique retraçant mieux que tout, qui vous êtes réellement…

Ce qui nous conduit à mon second mobile. La littérature.

Cette magie du verbe qui me transporte et qui est vitale pour moi, je l'ai partagée avec vous, cher lecteur, « mon frère ». Mais vous m'avez trahi.

Afin de mieux me faire comprendre, je vous propose un exercice d'immersion. Voici à quoi ressemblerait mon ouvrage si nous jouions à la vie et non à la mort. Vous vous promenez dans mon livre. Vous apercevez une femme de dos dans la rue.

C'est elle. Vous ne savez si elle est belle car elle vous devance. Et pourtant, c'est elle. Sa manière de se mouvoir vous touche de façon irrémédiable. Avant qu'elle ne s'évanouisse au coin de l'avenue, vous avez juste le temps de songer qu'elle a « quelque chose »...

Et puis un autre jour, sur une autre avenue, vous la reconnaissez. Elle que vous avez vue de dos. Elle qui vous aimante. Aucun signe distinctif, mais vous la reconnaissez à ce « quelque chose » que vous ne savez définir, cette grâce dépourvue de traits qu'est le charme non masqué par la beauté. Elle se retourne enfin. A-t-elle des cheveux blonds ou châtain ? Je serais ravi de vous l'indiquer mais j'ignore vos goûts et, à vrai dire, vous aussi les ignorez. Vous croyez aimer les blondes en vous rappelant la jolie frange de votre dernière compagne. Mais ce que vous aimiez, c'était la frange. Et qu'importe, vous l'aimerez bientôt pour elle, qui déteste sa coiffure et en change constamment. Vous l'aimerez parce que je vous l'ai montrée, parce que je vous ai proclamé que c'était elle.

Quel prix accordez-vous à une telle immersion ? Ne suis-je pas un mage, et un entremetteur, si le lendemain matin en vous éveillant, vous songez à elle ? Et ne suis-je pas un médecin de l'âme si j'ai pansé vos rêves ?

Le sommeil agence les événements de notre existence dans un ordre qui nous échappe, en gomme certains, en relie d'autres, de sorte que nous ne maîtrisons nullement notre manière de cogiter. Nos méninges, à l'instar de tout support, n'ont rien de neutre. Quand le pli est pris, comment sortir de soi ? À travers la littérature, qui vague aux franges de la conscience et du rêve, j'ai *forcé votre admiration*, violenté votre façon naturelle de voir, d'ordonner vos aventures et vos sentiments. Par cette effraction féconde, semblable à celle de toute œuvre d'art, vous avez pu éprouver les choses différemment durant votre torpeur.

Cette femme qui au réveil vous poursuit n'est-elle pas une créature surnaturelle ? Et pourtant aussi tangible que la réalité, puisque j'aurai étendu le champ de vos goûts comme si vous aviez vécu des expériences réelles ? Cette inconnue va bouleverser votre destinée. Et vos prochaines amours, après cela, ne seront-elles pas tout simplement des *incarnations* ?

Saisissez-vous ces liens subtils qui unissent l'art à la vie ? La littérature est de même nature que le monde : elle se trame et s'ourdit dans le fil du sensible. Elle ne s'avère pas une fade image de l'existence ou, au contraire, en concurrence avec elle. La femme qui a « quelque chose » existera un jour. Tout personnage de roman est une biographie en germe, une histoire en jachère. Toute légende finit par se réaliser à force d'être lue.

Voilà ce que je vous raconterais si nous jouions à la vie. Mais vous m'avez trahi. Vous avez fait preuve d'une désinvolture si grande à mon égard que vous ne vous en souvenez même pas. Un gentil peut blesser un méchant par inadvertance, de façon irréparable. Pareille maladresse ouvre alors un gouffre sous ses pieds. C'est pourquoi nous allons jouer à l'inverse de la vie.

13

Passons aux choses sérieuses. Après vous avoir révélé pourquoi j'allais vous tuer, je vais vous exposer comment je vais vous tuer.

Ça y est ! vous réjouissez-vous. Nous y sommes ! Votre goût du suspense se ravive. Vous en oubliez déjà les introspections auxquelles je tentais de vous astreindre et qui vous incommodaient. Je ne veux plus vous ausculter mais vous anéantir, ce qui vous paraît moins intrusif. Vous vous retrouvez en effet face à moi plutôt que face à vous-même, vous estimez gagner au change. Vous vous redressez dans votre fauteuil, appuyez vos coudes sur les bras de votre siège, rejetez vos épaules en arrière. Un sourire de défi arme vos lèvres et vous vous demandez plus ardemment *comment* je vais vous abattre que *pourquoi.* Ce qui est proprement époustouflant, quand on y réfléchit, comme si le fait que je souhaite vous exterminer vous paraissait une loi de la nature, tout au plus une convention d'écriture, et que seul importait le brio avec lequel je vais m'y prendre. Sous les habits de l'honnête homme, vous recherchez du sensationnel, vous vous projetez dans notre lutte à mort.

Vous qui m'avez définitivement rangé dans la catégorie des fous, c'est cela seul qui vous intéresse : comment vais-je réussir cette « performance » de vous supprimer, en vous épargnant si possible mes sermons.

Comment, comment... toujours comment...

Vous tenez votre cinq-à-sept littéraire.

Tout d'abord, comment vais-je vous retrouver ?

La solution la plus logique est que j'ai pu relever votre adresse et consigner vos habitudes, puisque je vous connais.

En admettant que j'aie négligé cette méthode, vous avez créé un lien fort entre nous : vous avez acheté mon livre.

Il existe aujourd'hui des micropuces destinées à traquer la position des objets, que l'on colle au dos des paquets ou incruste dans l'épaisseur des emballages...

Vous pouvez toujours à présent observer l'étiquette de prix apposée à l'arrière de cette œuvre, essayer de la décoller ou de la gratter, il est trop tard, je vous ai localisé. Retournez malgré tout votre bouquin pour en avoir le cœur net.

Retournez-le, vous dis-je ! Vous en mourez d'envie, mais vous avez peur du ridicule...

Personne ne vous regarde. Retournez ce volume, bon sang !

Comme vos doigts sont gourds... Que d'inhibitions vous révélez devant la moindre action concrète. Fût-ce quand il s'agit de déjouer votre propre meurtre...

La vérité est que je n'ai pas besoin de micropuce pour vous retrouver et que je sais où vous êtes.

Car je suis avec vous. En ce moment même...

Votre attention est montée d'un cran.

Vous laissez mes mots vibrer doucement sous votre crâne, comme pour en mesurer le poids…

La tête inclinée au-dessus de mon livre, vous sentez votre cervelle en activité pesant contre votre front, vous rappelant ces moments où vous vous *penchiez* sur un problème de mathématiques au lycée. Vous qui êtes plus abstrait que manuel, vous voici dans votre élément : vous préférez retourner un problème dans votre esprit qu'un bouquin entre vos doigts.

Mais pour l'heure, vous ne me voyez pas. Donc vous ne me croyez pas.

Bien. Je vais procéder à la loyale. À la policière, pour m'inscrire dans votre logique. Le halo qui descend de votre lampe dessine comme une seconde cage autour de vous, un cube de lumière à l'intérieur duquel aucun détail ne peut vous échapper, et où vous projetez, tel un hologramme, les mouvements de votre pensée. Je ne suis pas là. Vous vous trouvez seul chez vous, enfermé à double tour.

La première chose dont je suis certain, c'est que vous tenez mon livre.

Vous pensez que j'ai peu d'ascendant sur vous ? Regardez bien ce volume, que vous auriez classé comme bibelot décoratif en bout de rayonnage dans votre bibliothèque, après lecture, du fait de sa petite taille et de sa couleur claire. Sentez sa densité entre vos mains, l'énergie qui s'en dégage quand vous tournez les pages, sa nature imprévisible… Mon emprise est énorme.

La deuxième chose indéniable est qu'en cet instant précis, vous lisez ces lignes. Vous en déchiffrez la signification, dans un assemblage paradoxal de rapidité et de lenteur, parce que les mots sont limpides, mais vous rechignez à en accepter le sens. Dans ce halo de lumière blonde où rien ne peut prétendument vous échapper, le papier vous renvoie une clarté en apparence dénuée de brumes, mais en réalité brouillée par les reflets qu'y projette votre pensée lorsqu'elle bute sur des mots qu'elle hésite à sonder. Autrement dit, le monde qui se déploie sous vos doigts se montre obscur et vous révèle vulnérable.

La troisième chose irréfutable est que vous réfléchissez de manière plus active qu'au début. De manière plus alerte, voire plus alertée. Une certaine anxiété a gagné votre esprit. Si tout cela était vrai ? vous demandez-vous. Mine de rien, les fous du *pourquoi* sont souvent les génies du *comment*... Quand bien même la chance serait infime, n'ai-je pas franchi par mégarde les limites du raisonnable ? N'ai-je pas acquis « l'œuvre de trop » ?

La quatrième chose qui ne m'inspire aucun doute - et ce point s'avère contradictoire en apparence seulement avec le précédent – est que vous ferez tout sauf aller regarder la fin du livre. Le suspense, estimez-vous, en serait gâché. Vous craignez de vous ôter un plaisir en éventant l'intrigue. Vous le craignez même plus que de vous ôter la vie !

La tension des muscles de votre visage me confirme combien ce décor vous captive par son caractère épuré : seul, dans une pièce bouclée à double tour, pas de meurtrier, pas d'arme. Tous les ingrédients du crime parfait.

On entendrait une mouche voler dans la prison de votre crâne, qui constitue au final votre véritable retraite, imbriquée dans la cage de lumière de votre lampe et dans la cellule recluse de votre salon, tel un assemblage de boîtes gigognes. Vous faites bien de fixer votre attention sur un périmètre aussi condensé : vous allez vivre ce crime *de l'intérieur...*

Car votre comportement face à une mort annoncée, qui se caractérise par une recherche active, mâtinée de docilité, aboutit en effet à une conclusion irrécusable, que vous serez pourtant porté à récuser à la minute même où vous l'entendrez.

Avec quoi vais-je vous tuer ?

Avec votre consentement...

Difficile de savoir si vous souriez... Pas pour moi, je veux dire, mais pour vous. Le rictus contenant vos émotions sur vos lèvres se trouve incessamment doublé par vos regards aux mines discordantes, trahissant la surprise, l'amusement, l'hésitation, le trouble. L'accumulation de faits anodins vous titille quelque part dans la nuque. Vous m'observez comme un malade jouant avec une épée de plastique et pourtant, par instants, je vous touche et vous égratigne. Vous en ressortez étonné, malgré tout. Peut-on blesser avec des corps plastiques ?

Votre consentement, donc. Et d'autant plus aisé à obtenir qu'en réalité, vous avez consenti d'entrée de jeu. Que vous exulteriez d'expirer une œuvre à la main, à l'instar de Molière mourant sur scène dans la peau du Malade imaginaire.

Ce consentement est si fort chez vous qu'il pose au passage un divertissant problème judiciaire : si la police m'interpellait, de quoi m'incriminerait-elle ? D'assistance au suicide ? Ou bien d'euthanasie, qui est un cas particulier du précédent ? Ou encore d'homicide involontaire, puisque l'ouvrage contenait un avertissement en gros sur la couverture ? Me jugerait-on sur le même pied que les fabricants de tabac, pour avoir commercialisé un paquet de mots à gober sur lequel est écrit :

Lire tue

Et sur une autre face :

Lire nuit grave-
-ment à la santé

Et au dos, présageant le mal qui vous saisira en premier :

Lire peut provoquer
des troubles de la vue

Cet élément malléable et plastique qui va vous empoisonner tel un psychotrope, le reconnaissez-vous? Vous qui vous targuez d'avoir une volonté de fer?

Votre consentement…

L'ingrédient principal.

Encore faudra-t-il que je le mijote, que je *réalise* votre mort. Elle sera la rencontre de votre consentement et de mon action, le fruit du pacte tacite que nous avons conclu en caisse, scellé par le bruit rond et rassurant de ce *bip* dont le timbre de minuteur vous revient en mémoire à présent.

Et avec quoi vais-je vous cuisiner? Avec quelles herbes vais-je apprêter votre âme en une étonnante farce?

Avec des mots.

C'est avec des mots que je vous égratigne depuis le début. Déjà, le venin de ma prose a commencé à agir. À la fin de l'essai, je touche.

Pouviez-vous rêver meilleure fin, vous le vivant imaginaire ?

Comment allez-vous en cet instant précis ? Ne sentez-vous rien ? Pas même une légère acidité sous les paupières, une irritation sporadique des fosses nasales, comme si un air plus pur décapait vos narines ? Souhaitez-vous toujours poursuivre ? Attention, vous vous méprenez peut-être sur votre état, rappelez-vous l'inscription sur le paquet :

Lire
-ment à la santé…

Imaginez que le mot penser soit aussi réel que l'acte de penser, puisqu'en le prononçant vous le faites. Imaginez que le mot aimer soit du réel, puisqu'en le lisant vous y prétendez. Imaginez que le mot air soit réel parce qu'en son absence, vos poumons seraient de pauvres hères se contractant sans raison.

Imaginez que la mort soit réelle parce que si vous n'y songiez jamais, vous ne sauriez même pas qu'elle existe. Le mot vous aide à l'entrevoir, la cerner et, mieux encore, à l'apprivoiser, par ce cheminement qui, en rendant le terme aussi substantiel que la chose, la fait éclore en nous, et devenir humaine.

Ressentez-vous la puissance des mots, à présent ? Leur portée tautologique et immédiate, à l'image de tout ce qui est souverain ? Leur pouvoir d'*évocation* ?

Vous pensiez que lire procédait d'un acte unilatéral et sans conséquence. Mais cette opération est la rencontre de deux consentements, comme toute transaction, comme toute prière aussi, et vous m'avez ouvert la porte de votre âme. Lire relève d'un acte explosif, qui consiste à introduire dans votre corps un *corpus* étranger.

Si je vous dis encore : « J'ai vu un cerf, la reine, et les armées allemandes. Qui suis-je ?... » Un point dans l'espace. Une coordonnée de l'univers, correspondant à un lieu précis du jardin des Tuileries, à un mètre du sol... Je ne suis pas l'air de cet endroit, qui varie en permanence. Je suis un grain immémorial ayant accueilli en son sein les chasses gauloises de l'Antiquité, les parades de la Cour à la Renaissance, les défilés militaires sous l'Occupation. Je suis un amalgame à la densité d'avant big-bang, dont le temps a débobiné la masse et dont la littérature rétablit le poids originel. Considérez combien mes mots ont sublimé cette particule, conçue à sa naissance d'une autre manière, et d'une autre matière. Je l'ai enrichie à la façon d'un isotope, ce que j'en ai fait l'a changée !

Et le point chargé de papier noirci qui se trouve devant vous en cet instant même, à trente centimètres de vos yeux, quelle est son histoire ? En sentez-vous la réalité, la densité ? Percevez-vous combien ce point saturé peut devenir l'emplacement duquel jaillira l'énergie charbonneuse et scripturale qui vous pulvérisera ?

12

Vous comprenez mieux à présent pourquoi le recueil que vous tenez entre vos mains, contrairement à ce que vous avez cru, n'est pas un polar.

Il ne saurait y avoir de polar dans une pièce bouclée à double tour où vous vous tenez seul et où vous vous révélez être à la fois le détective, le meurtrier, et la victime. Pléthore sont les romans policiers où le lecteur peut se couler dans la peau du détective. Quelques ouvrages lui permettent de se glisser dans la peau du meurtrier. Mais jamais dans celle de la victime. Et pour une raison élémentaire : le polar est le genre qui raconte ce qui se passe après le meurtre. Si le lecteur est la victime, le genre avorte.

La forme qui raconte ce qui se passe avant une mort terrible porte un autre nom. Elle décrit ce moment-clé où l'homme discerne les rouages de sa perte et en accepte librement les enchaînements inéluctables. Cette forme s'appelle la tragédie.

Son seul point de contact avec le roman policier est qu'il s'agit d'un crime parfait, concocté par l'ire des dieux. Ce sont eux qui *mijotent* le drame et incitent la victime à actionner l'arme du crime. On ne les voit pas, mais ils se révèlent omniprésents. Si l'exactitude est la politesse des rois, l'omniprésence est la politesse des dieux.

Pour en revenir à vous, ce changement de genre ne constitue pas une simple figure de style, il entraîne de graves conséquences.

D'abord, vous ne pouvez en réchapper. L'ire tue !

Ensuite, toute modestie mise à part, vous devez vous résoudre à admettre que je suis bien présent dans la pièce.

Continuons. Je sens que votre esprit s'est ouvert au fil des pages et se montre davantage perméable à l'évidence. Le décor s'avère encore plus épuré que vous ne l'envisagiez : nous voici en mesure de supprimer la sacro-sainte pièce dans laquelle vous vous trouvez enfermé à double tour. Adieu portes verrouillées, volets clos, vous n'en avez plus besoin. Vous pouvez ramasser vos forces dans cette cage de lumière au sein de laquelle vous vous ébattez ou, mieux encore, dans votre boîte crânienne, la plus ajustée des prisons gigognes à même d'accueillir votre drame.

L'unité de lieu est votre esprit.

L'unité d'action votre lecture.

L'unité de temps le rythme de votre lecture.

Votre disparition relèvera d'une montée en puissance continue et progressive. L'enchaînement des mots peu à peu énervera vos sens, s'immiscera dans vos défenses vitales.

Cet enchaînement particulier s'appelle le style. Il est mon action et rencontrera votre consentement, épousera par degrés la pulsation intime de votre lecture, jusqu'à vous souffler tout entier.

Une voix de diva n'est-elle pas en mesure de faire vibrer les tympans, ou de briser un verre ? En bref, de créer des phénomènes de résonance ? Mes phrases exerceront sur votre esprit ce pouvoir, d'autant plus ravageur que c'est vous qui réglerez volontairement votre rythme de lecture sur le *tempo* auquel mon style vous produira le plus d'effet.

Je vous ferai entrer en résonance, comme un pont traversé par une armée et qui, sous l'impulsion faible mais répétée de milliers de bottes, se met à trembler dans toute sa structure jusqu'à s'effondrer sur lui-même.

Je vous enverrai des décharges de sens qui saperont vos arches cérébrales et vos circuits usuels en vous faisant littéralement *péter les câbles.* Ma griffe d'écrivain ouvrira dans vos méninges des chemins de traverse, le sens fusera hors des synapses battues pour courir à travers champ, fulgurer de toutes parts et vous illuminer soudainement dans un flash dévastateur et igné.

11

Je vous ai exposé pourquoi je vous avais choisi, *vous*, mais une question plus importante encore demeure à éclaircir pour vous édifier sur la nature exacte de votre consentement : pourquoi m'avez-vous choisi, *moi*?

Reprenons votre dernier acte, l'un des plus surprenants de votre vie, à première vue, et l'un des plus logiques si l'on y regarde de près : l'acquisition de ce livre.

Aviez-vous reçu des échos sur cet opuscule avant de le repérer en magasin? Par exemple à travers le bouche à oreille?

Impossible : tous ceux qui l'ont lu avant vous se trouvent dans l'incapacité d'en parler. Les lecteurs qui ont goûté à mon œuvre n'en sont pas revenus, au sens littéral.

Des articles de presse alors?

La plupart des critiques sont évidemment immunisés contre les livres, puisqu'ils ne les lisent pas. Ceci dit, aucun d'eux n'a émis sur mon recueil la moindre appréciation, aussi lapidaire soit-elle, pour une autre raison que je vous dévoilerai sous peu.

Par conséquent, vous ne sauriez en aucune manière avoir eu vent de cette parution avant de la découvrir en rayon.

Que s'est-il passé dans votre tête ? Vous pouvez tenter de vous remémorer un cheminement cartésien, mais c'est peine perdue car votre état d'esprit d'alors était tout, sauf rationnel. À chaque fois que vous pénétrez dans une librairie, vous éprouvez une sorte de ferveur, émanant de votre prime jeunesse ou, plus précisément, de ces moments originels où vous avez tenu un livre entre vos mains. Vous glissez à travers les allées dans cette lumière chaude qui est celle de votre salon, mais aussi celle de votre enfance : vous avancez dans une aube rasante, qui vous éblouit sans vous aveugler, nimbant les choses autour de vous et créant comme un miracle d'entendement avec les objets qui vous entourent, avec les plaisirs vers lesquels vous cheminez sans les connaître encore. Vous vous sentez *porté*, progressez à travers les rayons avec une lenteur étonnante, comme dans un rêve, un musée, assuré cependant de ne pas aller au-devant d'un songe qui s'évanouira, ou d'un tableau que vous ne pourrez caresser, mais d'un trésor que vous étreindrez dans vos mains en ressortant, à savoir un livre.

Je vous parle ainsi pour que vous baissiez la garde une seconde et replongiez dans ce moment où vous avez acheté mon ouvrage, dont rien ne pourra effacer la magie, pas même votre lecture. Un recueil que nous découvrons seulement par son titre nous paraît désirable comme une femme ou une ville inconnues dont nous ne possédons que le nom et dont nous désirons à tout prix percer le mystère. Mon ouvrage, par son accroche, vous a paru aussi intrigant qu'une cité orientale, aussi attirant qu'une courtisane, aussi impénétrable qu'un fruit défendu à travers son film protecteur sa quatrième de couverture floue.

Une fois le livre acquis, toutefois, pourquoi vous en être emparé plutôt que de le ranger dans votre bibliothèque et le laisser sommeiller, comme la plupart de vos autres emplettes ? Vous achetez davantage de bouquins que vous n'en lisez, par péché de gourmandise. Quand vous sillonnez les allées des librairies, vous avez les yeux plus grands que l'esprit. Mais une fois rentré chez vous, vous ne pouvez assouvir tous vos désirs, pour une foule de mobiles, dont le plus avouable est le manque de temps.

Levez le nez et contemplez sur vos étagères bondées ces volumes achetés avant le mien, toujours inviolés. Certains sont des amours oubliées avec un auteur que vous chérissiez. D'autres des projets sans cesse remis pour une raison inexplicable. D'autres encore des monuments qui vous effraient, sans que vous osiez vous l'avouer, des classiques pour lesquels vous ne ressentez aucune urgence, comme ceux qu'on enseigne à l'école en classe de français, ou pire, en cours de latin, les écrivains de l'Antiquité semblant avoir l'éternité devant eux pour être lus.

En réalité, même s'il existe quelque injustice à cela, vous avez choisi mon livre parce que c'est tout bêtement le dernier que vous ayez acheté. Que c'est celui qui correspond le plus à votre désir du moment. Et surtout parce qu'il suscite en vous, à l'inverse des auteurs latins, pour une raison qui demeure toujours trouble à vos yeux, un *sentiment d'urgence...*

10

Cette force pressante vous a poussé à effectuer une troisième action, plus révélatrice encore que les deux précédentes : après avoir acheté ce recueil, puis l'avoir ouvert, vous avez poursuivi votre lecture malgré l'avertissement de la première page.

Bien sûr, en empoignant l'opuscule, vous étiez mû par l'état d'esprit qui vous avait saisi au magasin : la curiosité.

Cette inclination s'est cependant affûtée quand vous avez découvert la mise en garde : « *lisez plus avant, vous êtes mort* »...

Ce message, plus explicite que le titre de couverture, ne tinte pas seulement comme un avertissement. Il sonne comme une *menace*... D'autant plus provocante que vous avez acquis cet ouvrage, qu'il est votre possession, dorénavant, et que vous entendez en profiter pleinement. Quels qu'en soient les dangers.

Aussi votre curiosité s'est-elle muée en une disposition plus aiguisée : le *défi*.

Quand le titre de l'œuvre pouvait encore augurer de divagations philosophiques, l'avertissement qui le suit a tiré les choses au clair. Et vous vous êtes réjoui, en le découvrant, d'avoir déniché au rayon de littérature générale ce que vous considérez désormais être un polar. Vous avez donc décidé de jouer les détectives et ambitionné de me coincer. Car je suis à l'évidence le meurtrier.

Alors que vous ne contrôlez rien. Que vous oubliez même votre véritable statut, relevant de la tragédie : celui de victime.

Par exemple, j'ai chargé l'arme du crime sous vos yeux, il y a quelques pages seulement. Et vous n'avez rien vu. Vous pouvez retourner en arrière, et scruter, et relire, vous ne verrez toujours rien.

Mais le pire, je le sais, est que vous ne reviendrez pas en arrière. Car vous êtes un homme pressé. Encore ce sentiment d'urgence… Souvent, vous n'avez pas fini un livre que vous pensez déjà au suivant. Vous lorgnez malgré vous le nombre de pages restantes, détachez votre attention du récit pour admirer un instant votre bibliothèque et y repérer les ouvrages en instance vous faisant de l'œil depuis leur étagère.

Rebrousser chemin n'est pas votre genre. Vous sentez bien d'ailleurs que, dans votre précipitation, ce serait peine perdue. Vous préférez aller de l'avant. Vous connaîtrez la vérité à la fin, de toute façon, habilement ficelée, troussée avec élégance. Alors pourquoi se retourner ?

Quelle étrange manière de relever un défi…

Sous la lumière lénifiante et vaguement narcotique de votre abat-jour, vous arborez la mine aussi complaisante que va-t-en-guerre du spectateur qu'un hypnotiseur appelle sur scène et qui se promet d'opposer le minimum de résistance nécessaire pour ne pas se faire endormir. Une telle légèreté est-elle vraiment de mise, quand je vous ai annoncé mon intention de vous tuer ? Et que ce soi-disant polar est le polar *de votre vie* ?

Je ne vois qu'un moyen d'expliquer votre laisser-aller : vous êtes foncièrement *incrédule.*

Vous voudriez que la littérature change votre sort, mais vous ne croyez pas qu'elle soit réelle... De même que les livres ornent un pan de votre salon, les belles lettres constituent dans votre imaginaire la décoration intérieure de votre âme. Vous consentez qu'elles colorent de façon passagère votre esprit mais vous n'envisagez pas un instant qu'elles l'aient structuré. Vous ne considérez pas que les mots, telles des arches, puissent être porteurs. Que leur assemblage soutienne les voûtes de votre cerveau. Celles précisément que je m'apprête à dynamiter.

Vous n'avez foi en rien, pas même en votre corps. Cloîtré dans votre intellect, dans votre bibliothèque idéale dessinant autour de vous une *matrice* de la vie, vous vous sentez orphelin depuis l'origine face au reste du monde. À ce titre, l'état de lecture vous sied à merveille, car il vous paraît fondamentalement solitaire. Au point que vous vous efforceriez d'éconduire l'auteur si d'aventure il lui prenait la lubie de s'immiscer dans votre intimité.

Vous excuserez donc mon inconvenance si je m'invite chez vous pour mettre à nu vos incohérences. Votre incrédulité, en particulier, ne découle nullement de votre capacité de jugement comme vous le croyez, mais de votre passivité.

Douillettement calé dans votre fauteuil à oreilles, bombé comme un cockpit, qui vous isole du monde et de ses dommages collatéraux, vous filez dans le vide déconnecté de tout, pour ainsi dire en mode avion. Seul dans votre bulle, la respiration apaisée et les membres assagis, vous imprimez à votre lecture une trajectoire rectiligne en veillant à ne pas vous laisser raisonner – ou arraisonner – par les arguments de poids que je jette sur votre route. Vous ne cherchez même pas à lutter contre eux, vous vous contentez de les tenir à distance afin d'éviter tout choc pouvant heurter vos croyances et les désorbiter. Mes vaines tentatives pour vous extraire de votre capsule explosent ainsi à l'extérieur de vous, sur l'écran du vide, ramenant notre échange à une pure fiction, un exercice de style. Et vous continuez d'aller de l'avant – toujours de l'avant ! –, tel un corps lâché dans l'univers. Au milieu du néant, l'inertie est une force. Elle possède même des qualités motrices.

Cette passivité que vous déployez pour tromper le temps révèle une autre humeur, qui vous mine encore plus profondément : *l'ennui.*

C'est lui qui vous rend votre corps pesant et vous invite à l'amoindrir. Lorsque vous vous traînez le soir vers votre bibliothèque, vous enfoncez votre carcasse dans les coussins de votre fauteuil pour qu'ils l'absorbent tels des enzymes gloutons. Vous vous affalez sur les reins, dans cette posture particulière qui vous ôte toute fatigue, comme lorsque vous vous apprêtez à dormir et que vous sentez vos nerfs enfin se détendre, vos membres s'abandonner dans l'épaisseur du matelas. Vous lisez dans un état d'apesanteur, proche du sommeil, et chérissez plus que votre lecture même cette ambiance ouatée qui vous sort de tout, y compris de votre enveloppe charnelle, vous rapprochant chaque soir un peu plus de la léthargie.

Que révèle cet état ?

L'appel de la mort…

Vous n'avez pas acheté mon livre par hasard. Et quand vous l'avez ouvert, la mise en garde n'a pas refroidi votre ardeur : elle l'a avivée…

Le défi, l'incrédulité et l'ennui vous ont ainsi guidé sur votre chemin, telles les trois Parques, aux visages sévères mais ceints de couronnes d'or et de narcisses…

Je vous ai parlé tout à l'heure de votre consentement. Je veux risquer une hypothèse devant vous : libérés de nos lourdeurs culturelles, les hommes qui s'ennuient se suicideraient. J'entends par là, de façon plus assumée, voire plus massive, comme dans certaines tribus lointaines aux mœurs différentes des nôtres.

Un pareil geste n'est toutefois pas jugé convenable dans nos sociétés. Le seul moyen de ne pas se suicider est donc de continuer à vivre, jusqu'au moment où, le corps et l'esprit n'y tenant plus, l'effondrement général survient à l'appel.

Si le suicide n'est pas considéré comme une mort naturelle, certaines morts sans cause externe pourraient s'apparenter à des suicides naturels.

Vous en êtes à peu près là. Votre corps et votre esprit tiennent encore. Alors, en honnête homme, vous tâchez de trouver une porte de sortie honorable. En intellectuel présumé, vous visez une fin élégante. Vous recherchez sans vous l'avouer l'équivalent, dans votre registre bourgeois, de l'épectase du libertin, de l'extase du martyr, du sacrifice du héros.

À défaut de fréquenter les boudoirs, les calvaires ou les champs de bataille, vous hantez donc les librairies. Comment expliquer le picotement vif que vous ressentez au cœur à chacune de vos visites dans ce qui n'est après tout qu'un magasin, si ce n'est par cette quête irrépressible du livre ultime ?

Obsédé par la recherche du grimoire qui vous libérerait enfin, votre instinct vous a guidé vers mon œuvre. Et il ne vous a pas trompé. Vous allez expérimenter le ravissement absolu, qui combinera les béatitudes du jouisseur, du saint et du guerrier pour mêler tout à la fois – l'extase, le râle, le graal –, et produire en vous cette fin en apothéose que vous n'auriez jamais osé imaginer dans vos rêves les plus fous : l'épectase de l'âme.

9

Tu permets que je te tutoie ? L'approche de la mort nous confère une certaine proximité. Nous arrivons déjà à mi-parcours et allons à présent entamer notre lente descente… aux enfers.

Dans la lumière crue qui tombe de façon zénithale sur tes épaules, tu t'es progressivement dépouillé de tes oripeaux. Tu as fendu l'armure, comme tu l'aurais fait dans un désert étouffant, ou sur scène pour ouvrir ton cœur à tes semblables. Tu as quitté ce mode avion qui t'empêchait d'avancer en homme. Tu ressens désormais l'altérité du fauteuil amorphe sous tes jambes parcourues de sang. Ce n'est plus ta tête qui goûte le rêche soyeux de ton jean contre ta cuisse mais ta cuisse elle-même.

Ta décrispation est heureuse, car en tant qu'être de chair et d'esprit, tu te dois de vivre cette expérience corps et âme. C'est pourquoi je t'ai conseillé de lire *dans* les lignes, afin que tu t'imprègnes de la pleine matérialité de mes écrits.

Ce périple exige, à l'instar d'une procession sacrée, ses encens. Avale ce volume comme un paquet de sèches. Acceptes-en tout, la lettre et l'esprit, le jus noir et l'aura incolore. Laisse ton palais sombrer dans les arômes de la nuit grave, tes bronches s'emplir de fumée, inhale sans modération les mots qui peuvent séduire aussi bien qu'ils peuvent tuer. Et que ton corps s'abîme dans le corps du texte.

L'arme du crime est évidente pour toi, désormais.

Tu la tiens entre tes mains. Tu la palpes, tu la malaxes. Tu lui imprimes tes empreintes digitales…

Si ta lecture est la balle, ce livre est le revolver.

Est-ce tout l'ouvrage, ou simplement une partie ? Est-ce le papier, la couverture, le tranchant des pages ?

En absorbant ces mots, en cet instant précis, goûte à quel point mes paroles pétrissent du tangible. Le tirage, qui n'était pour toi qu'un support immatériel, devient peu à peu entre tes doigts un objet lourd, j'allais dire « chargé ».

Quel mécanisme ai-je enclenché ? Tu remarqueras que tu tiens l'opuscule bien en main, comme une arme équilibrée, ajustée à ta corpulence propre. Comme l'arc d'Ulysse, que lui seul pouvait tendre.

Nous nous trouvons à la moitié du volume. Le poids de l'arme se montre à présent harmonieusement réparti entre tes deux paumes.

Tes terminaisons nerveuses ressentent un léger fourmillement, n'est-ce pas, qui se propage à travers tes phalanges à tes poignets, tes bras, tes épaules, et jusqu'à ta nuque, envahie d'une chaleur diffuse ? Le tirage vibre faiblement entre tes doigts, à l'instar de ces téléphones à induction dont la coque de métal électrise la peau en se chargeant. Tu aimerais en savoir davantage sur cette batterie non homologuée, qui s'apparente au final à une batterie d'artillerie, que tu ne sais plus trop comment manipuler et crains désormais de secouer ?

Ainsi que tu l'as déjà noté, ce livre est court. Il se trouve conçu pour être lu d'une traite. Maintenant que tu l'as ouvert, je te conseille d'ailleurs de ne pas traîner, faute de quoi tu pourrais louper la fin : *ta* fin. En cela, tu ne différerais guère des autres mortels, mais puisque la Faucheuse t'a accordé l'insigne honneur de te prévenir, fais-en bon usage. Tu dévores cet ouvrage pour mieux goûter ta dernière heure, il serait dommage que tu en perdes une miette.

Ensuite, ce recueil revêt l'aspect d'un carnet de voyage. Cette apparence découle du constat précédent, à savoir que le tirage est concis, mais aussi de la texture du papier, au toucher légèrement granuleux, et de la souplesse de la couverture. Tout lui confère une allure de journal intime. Ce choix a été opéré pour des raisons en partie économiques, n'amoindrissant cependant pas le caractère luxueux de l'ensemble, car le papier au rendu naturel a la cote auprès des éditeurs.

Cette tournure luxueuse est encore attestée par l'emballage en cellophane thermocollé. Une présentation aussi soignée suscite immédiatement le respect des clients : le conditionnement ne ressemble pas à une enveloppe de protection quelconque qu'un employé pourrait enlever pour exposer l'ouvrage en exemplaire de consultation, ou qu'un visiteur se permettrait d'ôter pour feuilleter quelques pages, avec l'assentiment tacite des vendeurs. Non, le fourreau de mon œuvre tient de la haute couture. Il est sans couture, justement, confectionné d'une seule pièce, minutieusement ajusté, emprisonnant l'air et apportant au contact un toucher pneumatique. Il réserve à celui qui l'achète *l'exclusivité* de son contenu…

Tu me vois venir. Un sourire non feint se dessine sur tes lèvres, cette fois, empreint d'amusement et de curiosité. Et tu te poses la question suivante : comment, si ce bouquin est vraiment une arme, une maison respectable a-t-elle accepté de le publier, puis une autre maison tout aussi respectable de le diffuser ? En un mot, comment a-t-il pu traverser les barrages de l'édition et de la vente ?

C'est pourtant un jeu d'enfant. Tu aurais imaginé des subterfuges similaires si tu avais toi-même été aiguillonné par l'esprit de vengeance qui m'anime.

Pour commencer, le barrage de l'édition.

Tu noteras un numéro dans les pages liminaires, que tu as peut-être déjà repéré quand tu recherchais des renseignements sur l'auteur et sur ses précédentes parutions. Ce numéro indique une édition limitée.

Jusque-là, rien d'étonnant.

Fait plus inhabituel, je te donne ce numéro dans le corps du texte : il s'agit du numéro 23.

Quelque chose cloche, n'est-ce pas ? Tes paupières se plissent pour sonder ce nombre premier frétillant légèrement sous tes yeux.

Soit le numéro que je viens de te fournir s'avère le même dans tous les exemplaires…

… et c'est une arnaque envers les lecteurs.

Aucun éditeur de renom n'oserait commettre une telle escroquerie. Il n'en aurait d'ailleurs légalement pas le droit.

Soit ce numéro diffère bien pour chaque exemplaire, au début du livre, et *dans le corps du texte…*

… et cela signifie que chaque exemplaire est unique.

En d'autres termes, que chaque exemplaire a fait l'objet de modifications avant impression et d'un tirage à part.

Comme tu le soupçonnes, aucune maison traditionnelle ne pourrait supporter financièrement un tel processus de fabrication à la pièce.

Alors qui ?…

Quel éditeur se cache derrière ce nom que tu as remarqué dans les pages liminaires, cette raison sociale à la fois familière et inconnue, donc faussement rassurante ?

Une petite maison en mal de notoriété ? J'aurais délaissé l'établissement qui me parraine depuis des années pour aller perpétrer mon forfait chez un microdiffuseur, trop heureux de m'avoir débauché et se gardant bien de me poser des questions ?

Même pas, figure-toi. Je ne veux mêler aucun collègue du métier à mes histoires.

La réalité est d'une simplicité absolue : c'est moi qui ai publié ce texte. Pour ainsi dire à compte d'auteur. J'ajoute « pour ainsi dire » parce que je n'ai pas emprunté les canaux classiques de la parution à compte d'auteur, qui exigent encore trop de « comptes ». Je ne voulais pas que mon nom circule dans la profession et revienne aux oreilles de mon éditeur habituel.

J'ai donc tout bonnement procédé au tirage avec mes propres moyens, en achetant le matériel de base qui m'était nécessaire dans un de ces magasins de papeterie et fournitures de bureau qu'on trouve dans n'importe quel quartier, que ce soit pour les particuliers ou les professionnels.

Saisis-tu la raison économique du choix du papier à l'apparence naturelle et au fini granuleux, à présent ? Je le paie, à la ramette. J'ai beau exercer un second métier, comme la plupart des écrivains, je dois me battre pour joindre les deux bouts. N'aie crainte pour ta renommée, cependant : quand bien même j'aurais imprimé ton faire-part de décès sur du papier à cigarette, j'ai mis le paquet sur le discours.

Pour le reste, fabriquer en dehors des circuits courants ne comportait que des avantages. J'ai pu maîtriser complètement le format de l'ouvrage. Dans toutes ses composantes techniques. Je t'ai révélé que chaque exemplaire était unique. J'irais plus loin : chaque exemplaire est *personnalisé*…

8

Cet objet éditorial non identifié te brûle soudain les doigts. Tes mains le soupèsent avec d'infinies précautions, tel un coffret volé dont tu sondes le mécanisme d'ouverture et qui vient d'émettre inopinément un tic-tac alarmant.

La chaleur diffuse irradiant dans ta nuque redescend vers tes épaules, tes omoplates, propageant insidieusement ces raideurs que tu ressens en cas de grippe. Ton cœur ayant poussé les feux reçoit de menus élancements. Est-ce le venin de ma prose te lardant dès à présent les ventricules ? Ou la prise de conscience tardive que cette somme entre tes mains pourrait se révéler un produit non standard, donc dangereux ?

Mais tu n'y crois pas encore complètement. Tu refuses de te laisser gagner par la fatalité et juges que tu peux toujours parer les coups, y compris ceux que tu as déjà reçus.

Tu te dis par exemple que si cet ouvrage était vraiment dangereux, un deuxième barrage aurait fonctionné entre le livre et toi, celui de la distribution.

En digne rejeton du consumérisme réglementé, tu te raccroches à cette seconde digue, plus robuste, à côté de laquelle les maisons d'édition ne s'avèrent que des forteresses de papier. La librairie que tu fréquentes appartient à un groupe coté, soumis par là même à toutes sortes de contrôles, boursiers, financiers, fiscaux, comptables, communautaires, éditoriaux, j'en passe. Cette institution ne s'approvisionne pas n'importe où. Elle réalise des bancs d'essai, des tests qualité à l'encontre des grandes marques et, *a fortiori*, des producteurs indépendants. Si ma publication avait été dangereuse, les agents chargés de la conformité l'auraient détectée... Tes yeux ne peuvent s'empêcher d'embrasser, pour s'en persuader, les rayonnages de ta bibliothèque dans laquelle ne figure pas l'ombre d'un produit défectueux, preuve que ton magasin n'a jamais trahi ta confiance.

Tu penses donc que de tels établissements ouvrent et lisent leurs bouquins ?

As-tu noté l'adresse de ma maison d'édition, certes à compte d'auteur ?

Elle s'est présentée à toi, ainsi qu'à tout contrôleur potentiel, dès les premières pages du recueil : 8, boulevard de Ménilmontant, à Paris, dans le 20e arrondissement. Sais-tu bien à quoi elle correspond ? Elle est très connue dans le monde littéraire. Balzac l'évoquait déjà à la fin du *Père Goriot*.

C'est l'adresse du Père-Lachaise ! La maison qui, de fait, abrite aujourd'hui le plus d'auteurs célèbres, et cette référence à la demeure ultime de tout écrivain n'est pas pour me déplaire, en même temps qu'elle constitue pour toi un point de chute potentiel à ne pas dédaigner.

Mais revenons au sujet : l'établissement n'a manifestement opéré aucun contrôle sur ma publication.

Et pour une raison enfantine : c'est moi qui l'ai introduite en magasin !

De quelle manière ? Je suis entré avec, tout bêtement. Il te semble logique que l'on puisse sortir d'une librairie avec des bouquins. N'a-t-il pas effleuré ton esprit que l'inverse était possible ? Il t'arrive d'ailleurs de le faire à chaque fois que tu te balades en ville muni de ta lecture du moment et que tu opères un crochet par ton enseigne favorite pour venir jeter un coup d'œil aux dernières nouveautés. Tu nourris alors cette crainte instinctive d'être fouillé par les vigiles, que tu surmontes en songeant que ton livre est corné, annoté, qu'il s'agit au demeurant d'une ancienne édition ne se trouvant plus référencée par l'établissement.

Eh bien moi, je suis entré avec un volume neuf, méticuleusement emballé, en mesure de ressortir par les caisses à la première occasion grâce à l'estampille de son code-barres. Et, contrairement à toi, je n'ai même pas éprouvé d'appréhension.

Je suis donc allé placer mon exemplaire en salle. Je l'ai soigneusement disposé en évidence sur une table. La manœuvre est aisée, personne ne prête attention aux mouvements des clients qui déambulent, empoignent, feuillettent, reposent au hasard.

Les présentoirs exercent sans conteste une influence déterminante sur les consommateurs, qui voient dans cette mise en avant les choix du magasin, d'un comité de lecture. Les visiteurs en ton genre postulent que les vendeurs défendent une ligne éditoriale plutôt qu'une politique raisonnée de rotation des stocks ou d'écoulement des invendus. Ils supposent en outre que tous ces auteurs placés en tête de gondole s'entretiennent mutuellement sous l'ombrelle de la littérature, qui possède ce privilège d'attirer à elle toujours plus de sens, quoi qu'elle fasse. Ils présument que les écrivains, même lorsqu'ils reposent placidement sur des comptoirs d'exposition, s'adonnent à une exaltante aventure collective, qu'un échange peut s'instaurer sur table entre Proust et Flaubert, Dos Passos et Don DeLillo.

Une telle intuition se révèle juste, au demeurant, et tu te laisses toi-même guider par ces noces de plume à travers les allées que tu empruntes en fidèle, où la munificence des belles-lettres en costume d'apparat t'étreint comme dans une cathédrale.

Ce sont donc ces postulats qui t'ont poussé vers mon livre.

Bien sûr, ma publication possédait par son titre aguicheur une longueur d'avance sur les œuvres voisines. Mais pour ne rien laisser au hasard, je ne me suis pas contenté de poser mon bouquin au milieu de la sélection du jour. Je l'ai aménagée conformément aux principes que nous venons d'édicter. J'ai entouré mon recueil d'autres textes embrassant ta disposition d'esprit, t'ai conduit à travers un menu labyrinthe de références et d'envies, susceptibles de donner à ma parution sa coloration scandaleuse en même temps que philosophique et littéraire.

Tu as à peine remarqué, à côté de mon ouvrage, *Le Portrait de Dorian Gray*, que l'on a inévitablement envie de relire – mais c'est déjà fait. Tes regards ont glissé sur *Les Fleurs du mal* sans s'y appesantir. N'es-tu pas le fidèle comparse de Don Juan aux enfers, poursuivi par ses trois veuves, le défi, l'incrédulité et l'ennui ? De l'avant, « mon frère », toujours de l'avant ! Et ces œuvres célèbres, qui ont éveillé ta gourmandise sans l'assouvir, mêlées à des nouveautés honorables mais dénuées d'aspérités, t'ont mené immanquablement jusqu'à mon exemplaire. L'impossibilité de l'ouvrir pour vérifier la pertinence de ton choix, plutôt que de te freiner, t'a aiguillonné, comme à chaque fois que tu tentes un *pari.*

Tu as donc saisi ce titre, achevé tes achats et t'es dirigé vers les caisses, où la sonorité engageante émise par le code-barres t'a définitivement intronisé propriétaire de ta pilule de cyanure.

« Le code-barres ! » répètes-tu de façon tonitruante afin d'alerter les services de la répression des fraudes. Tes mains fébriles font pirouetter l'ouvrage que tu n'as pas voulu retourner tout à l'heure. Tu te mets à scruter, sur la quatrième de couverture, l'étiquette dont la succession de lignes tremblantes évoque aussi bien un test ophtalmique qu'une peinture d'art moderne. Tu t'échines à y déceler quelque vice de fabrication ou signe de contrefaçon qui puisse attirer le regard aiguisé des inspecteurs.

Allons... Ne t'ai-je pas indiqué que je maîtrisais les composantes techniques de mon ouvrage dans leur intégralité ? J'ai généré en personne l'étiquette apposée au dos du livre que je t'ai demandé d'examiner tout à l'heure avec l'équipement informatique nécessaire, puis avec le matériel acheté dans le magasin de papeterie et fournitures de bureau dont nous avons déjà parlé.

Cette explication ne te suffit pas, en toi retentit l'alarme qui eût dû se déclencher au moment où tu quittais la librairie. Tu te révoltes à l'idée que l'établissement le plus renommé du centre-ville puisse vendre des armes qui ne sonneraient pas sous ses portiques de sécurité, ni à l'entrée ni à la sortie.

Tu te représentes toujours cette noble institution comme une citadelle savamment déguisée, faisant hurler ses sirènes et bouclant les issues à la moindre anomalie. Tu te raccroches aux garanties que t'offrait ce sanctuaire de la culture. Le code-barres en est une. Il se trouve composé de deux mots rassurants, invoquant l'ordre et la norme, au besoin le répressif. Une étiquette bidon aurait dû déclencher le tocsin !

Combien tu aurais aimé, à présent, qu'un vigile t'arrête du plat de la main, costume noir, oreillette branchée pour de vrai, qu'il t'extraie du flot des visiteurs entrants et sortants, fouille ton sac, rapproche tes achats du ticket de caisse, passe un à un tes articles dans le rayon, comme dans les détecteurs de métaux des lieux publics, jusqu'à isoler l'arme du crime, et qu'il te renvoie avec ton produit défectueux vers l'accueil, où eût été mise au jour la supercherie.

Je dois te dessiller, une fois de plus, et te rappeler l'ironie de la situation : les alarmes protègent les biens que notre chère librairie a acquis et qu'on ne lui paierait pas.

En aucun cas les biens qu'elle n'a pas acquis et qu'on lui paierait…

7

Tu n'as pas prêté attention non plus à cet autre détail : les caractères verts sur l'écran de la caisse, enregistrant ton acte d'achat. Affichant non pas le titre de couverture, mais le « faux-titre », pour employer le vocabulaire des éditeurs, situé en première page du livre. Et encore, une partie seulement de cet en-tête, qui en condensait le sens. De même que dans les aéroports ou dans les langues sacrées, en enlevant quelques lettres, on obtient la quintessence du mot, son karma.

Ce faux-titre qui est le vrai, et que tu as pris pour une épigraphe, s'est présenté sous tes yeux dans une police bâton au teint verdâtre, la couleur matricielle de la technologie et de la mort. Tu en as emporté la copie sur ton ticket de caisse.

Tu ne l'as pas jeté, au moins ?...

Eh bien, je vais te dire ce qui était écrit sur ton reçu quand tu as passé le péage sans retour et réglé ton obole à Charon :

« ,vous êtes mort »...

Non pas le début du titre, comme souvent, mais sa fin. La partie qui compte vraiment...

Ce qui est terrible, c'est que tu te sentais en sécurité.

Les enseignes commerciales représentent pour toi des institutions quasi publiques, répondant à toute une série de normes et de lois protectrices. Des millions de bouteilles d'eau sont retirées des grandes surfaces lorsqu'on détecte en elles des risques infinitésimaux. Mais la littérature n'est soumise à aucune surveillance sanitaire, parce que personne n'estime qu'elle puisse être nocive.

Bref, tu es entré dans le saint des saints de la culture pour te procurer un divertissement recommandé et tu en es ressorti avec une arme de poing, au nez et à la barbe de cet établissement respectable. Une arme façonnée par moi, déposée en rayon par moi également, sans aucun des contrôles qualité auxquels tu aspirais, et qui va te broyer.

Incroyable, non ?

D'ailleurs, tu n'y crois toujours pas complètement. Tu clignes des yeux, qui te piquent à force d'avoir trop longtemps fixé les caractères corrosifs de ma prose et à force d'avoir ramassé toutes sortes de poussières dans l'air de la pièce. Tes regards s'attardent sur les objets accoutumés à te protéger, tel ce fauteuil à oreilles qui lèche tes joues et caresse tes avant-bras comme un chien fidèle. Tu as l'impression que tu pourrais dissiper ce cauchemar rien qu'en détendant tes jambes d'un coup sec, ainsi que cela t'arrive lorsque tes membres te tirent d'un mauvais rêve dont ton esprit ne parvient pas à se dépêtrer seul.

La machine infernale que je te décris te semble douteuse par son implacable engrenage et te paraît trop bien huilée.

Alors que tu aimes les produits conditionnés, tu réfutes l'idée d'avoir été conditionné, toi ! De t'être laissé conduire aveuglément comme dans une tragédie et d'avoir empoigné de ton propre chef le livre du destin, dans une édition limitée, de façon ô combien sarcastique, à toi seul.

Et pourtant, j'en ai la preuve…

Je t'ai vu !

Je pourrais témoigner à la barre que je t'ai vu. En d'autres circonstances, s'entend.

Ne dis pas non. Je me trouvais juste à côté de toi lorsque tu as acquis mon bouquin. Je te l'ai d'ailleurs signalé, dès la deuxième ligne du texte, mais tu n'y as pas davantage prêté attention qu'à la première. Comme j'essaie de te le faire comprendre depuis le début, tu crois m'observer, en enquêteur ou en psychologue, alors que c'est moi qui t'observe.

Je t'ai vu, donc. Je t'examinais même très attentivement. En plus de la petite mise en scène dont je t'ai parlé, ma présence a considérablement accru les chances que tu achètes mon ouvrage.

Tu penses que je me prends pour un médium ? Un télépathe ? Tu ne vois pas comment j'aurais pu peser un instant sur tes actes ou tes esprits en me trouvant près de toi et tu juges que je suis fou à lier ? Je consens à te donner satisfaction sur ce point, auquel tu tiens *mordicus* puisque c'est la troisième fois que tu y reviens. Après tout, le geste de l'index tournant de façon répétitive autour de l'oreille est le même par lequel on signifie la cogitation ou le trouble mental. La réflexion portée à un certain degré d'ébullition s'avère déraisonnable, de toute manière, et les écrivains sont tous plus ou moins dérangés. Les grains de folie parsemant leurs écrits constituent même les semences nécessaires pour faire déraper le lecteur hors des chemins du sens et l'amener à lâcher prise, pour passer à son tour de l'acte de lire à l'acte de dé-lire.

N'oublie pas cependant, dans la tragédie, cette présence tutélaire des dieux, qui peuvent descendre sur terre déguisés en simples mortels et surgir à des croisements de routes, au pied d'une forteresse, dans les allées d'un jardin, d'un temple… d'une librairie.

Pour être sûr de pouvoir t'influencer de façon décisive le moment venu, depuis quand t'observais-je ? Te suivais-je depuis le matin, depuis plusieurs jours peut-être ? Pratiquais-je des incantations ? Rien de cela. Car je n'avais pas envie de m'embarquer avec toi dans un tour de la ville, de te suivre chez le buraliste, de m'attabler dans ton dos à une terrasse de café, tel un vulgaire détective en filature. C'était inutile de toute manière. Je savais que j'étais capable de te faire chavirer en une seconde.

Alors ?

Alors en vérité, je ne te suivais pas.

Je te précédais…

J'étais déjà sur place. Et je t'attendais.

J'ai mis à profit le temps dont je disposais pour réaménager la sélection du jour, en m'attachant comme je te l'ai dit la complicité des autres écrivains présents sur table. Quand tu es arrivé, je me tenais prêt : je flânais moi aussi, autour des comptoirs, et autour de mon livre, avec une particularité, naturellement : je ne me trouvais pas là pour acheter. J'étais même là pour vendre.

Une nouvelle sonnerie retentit en toi et tu voudrais réellement détendre tes jambes, parcourues de crampes à force d'être immobiles, non plus pour te réveiller, mais pour me botter les fesses et chasser le marchand du temple avec toute sa quincaillerie hors de l'enceinte sacrée. Je suis encore plus fêlé que tu ne le pensais ! Voilà un malade qui débarque avec ses propres bouquins au rayon de littérature générale et passe des journées entières à chambouler l'ordonnancement de la boutique afin de mettre en valeur ses titres à travers une mise en scène de son cru ! On l'aurait remarqué !

Tu paries ?

Tu paries sur la taille du magasin ? L'indifférence générale ?

Tu paries sur mon invisibilité ? Ou sur ma grande visibilité, au contraire ? Sur le fait que je sois connu ?...

Devinette : qui peut dans une librairie traîner à longueur de journée et ne rien acheter ? Hormis un meurtrier, j'entends. Un habitué ? Un auteur célèbre ?...

Qui peut en toute impunité errer dans les rayons à toute heure, y déplacer les livres à sa guise, réaliser de nouveaux agencements, placer en évidence certains ouvrages, en retirer d'autres ?...

Un homme presque invisible, en effet... pour le client... à la fois invisible et connu, et qu'on ne remarque pas parce qu'il se fond dans le paysage.

Tu commences à comprendre...

6

Un vendeur…

Un vendeur, tout simplement.

Je t'avais indiqué que je pratiquais un second métier. Tu le connais maintenant.

Invisible, et toujours présent. Prêt à servir les clients, les fidèles, comme toi qui ne m'as même pas remarqué et ne reconnaîtrais pas mon visage aujourd'hui, alors que je t'ai parlé.

Comprends-tu pourquoi ma présence a été décisive dans l'achat de mon livre ?

Parce que j'en suis le prescripteur.

Je t'ai bien dit que j'exerçais une présence tutélaire sur le rayon de littérature générale…

J'applique à mon modeste niveau les techniques de vente répandues dans la grande distribution. J'évite les plateaux de télévision, ainsi que les critiques littéraires, dont tu saisis maintenant pourquoi ils n'ont pas chroniqué mon ouvrage, qu'ils n'ont jamais reçu. Mais en compensation, je m'avère imbattable sur les actions de terrain. À la fois écrivain et vendeur, je donne dans l' « intégration verticale ». Un auteur se doit de soutenir et promouvoir son œuvre de nos jours.

Veux-tu que je te relate ce qui s'est passé précisément ce matin-là ? J'ai placé mon bouquin sur l'une des tables. Il suffisait qu'un premier client le prenne avant tout autre et s'éloigne vers les caisses. Il suffisait qu'il m'interpelle pour me demander conseil. Il suffisait encore que je passe les bras chargés de titres en lui lançant négligemment : « Vous devriez essayer celui-ci, tout le monde se l'arrache. »

Ce premier client, ce fut toi…

Ton rictus s'est figé pour de bon. Tu hoches la tête, embrumée par une légère migraine, clignes des yeux comme si tu les avais irrités avec une eau savonneuse, promènes tes regards sur les rayonnages de ta bibliothèque, sans songer même à la prochaine histoire que tu aurais pu lire… Tes paumes caressent d'un air absent le bras élimé de ton fauteuil, tes membres inférieurs te semblent ankylosés d'être restés si longtemps en position assise, tels des battoirs trop pesants. Les courbatures dans tes épaules se répandent à travers ton dos jusqu'au creux de tes reins, fragilisés par la mauvaise posture que tu adoptes en lisant. Ta mâchoire te paraît lourde, pour ainsi dire anesthésiée…

Une pareille issue te dérange, n'est-ce pas ?

Non parce que tu vas mourir. Tu es prêt à la confrontation.

Non parce que la raison pour laquelle je te supprime serait illégitime. Ta désinvolture demeure.

Tu es dérangé parce que c'est tombé sur toi par hasard. Parce que tu n'es qu'un lecteur désinvolte parmi d'autres et que tu habites mon quartier. Tu es dérangé parce que tu es tué par un dérangé…

Je ne parlerais pas de hasard, mais d'arbitraire. Et je vais t'apporter une révélation, qui pourra te consoler ou pas, selon ton degré d'altruisme.

Tu n'es pas le seul à avoir pâti de cet arbitraire. Je réalise plusieurs ventes par semaine.

Une fois écoulé l'exemplaire que j'ai disposé sur table, j'en installe un autre. Je ne sombre pas dans l'abattage non plus : j'en liquide environ une dizaine hebdomadairement. De sorte qu'en un an, si je tiens ce rythme, je suis en mesure d'atteindre un tirage honorable.

D'ores et déjà, « au jour d'aujourd'hui » comme disent les commerciaux, tu te demandes combien de victimes sont venues placer leur nuque sous la plume du bourreau ? Pas mal…

Je pourrais entreprendre une statistique sur l'état du monde occidental, ses pulsions suicidaires, son ennui insondable : quelle proportion des visiteurs entrant dans une librairie serait prête à ressortir avec mon bouquin ? J'estime qu'elle est énorme. Mon ouvrage pourrait connaître une réussite sans précédent et, évidemment, sans suite, puisque ma clientèle est structurellement vouée à s'amenuiser. Il constitue un « one shot », pour employer le vocabulaire couramment utilisé non dans le monde de la balistique, mais dans celui des affaires.

Je scie la branche sur laquelle je suis assis ? Je ne le regrette pas trop. Tu aimes les auteurs morts parce qu'ils ne peuvent plus te décevoir, je peux bien aimer les lecteurs morts pour la même raison.

Alors, consolé ou pas ? Savoir que tu ne te trouves pas seul allège-t-il ta peine ? Je te laisse juge de ce qui est susceptible d'adoucir tes derniers instants, mais je crois que face au néant, on est toujours seul. Ceux qui ont lu mon recueil avant toi sont roides à cette heure et ne se trouvent plus en mesure de te témoigner la moindre compassion. Ceux qui le découvrent en ce moment ont les yeux rivés sur la trotteuse et se soucient de toi comme d'une guigne.

À ce propos, tu aurais pu pester contre l'arbitraire supplémentaire qui me voit épargner les femmes et qui, au passage, a multiplié par deux la probabilité que tu décroches le gros lot ce matin-là. Tu aurais pu arguer que les femmes sont aussi des lectrices désinvoltes.

Que veux-tu, j'ai mes libéralités. Pour une fois qu'elles bénéficient d'une discrimination positive… Tu comprends pourquoi elles sont immunisées, à présent ? J'agis à la source et vole à leur secours en *deus ex machina*, ou plutôt en *auctor ex libris* : je leur déconseille l'ouvrage. C'est encore plus facile que de le recommander. Un froncement de sourcil suffit à démolir un livre.

Comme j'aurais pu en faire un au moment où tu as tendu ta main vers le volume, de sorte que ce « premier client » eût été quelqu'un d'autre que toi. Mais je ne l'ai pas fait. J'espère que cet exemple t'aide à mieux saisir la nuance entre le hasard et l'arbitraire.

Il m'arrive bien sûr de dispenser des opuscules à des femmes que je pourrais aimer. Je te rappelle l'origine de ma vocation littéraire : j'écris pour séduire. Dans ce cas, il s'agit d'exemplaires personnalisés se démarquant du tien sur la poignée de détails qui font le sel de ta lecture.

Je n'ai pas grand-chose à ajouter, sauf à te relater ce qui a effectivement causé mon dégoût.

Écrivain estimé, mais à faible tirage, je devais exercer un autre métier pour vivre. J'ai voulu demeurer près de ma passion et c'est ce qui m'a perdu : je suis devenu vendeur.

Je déconseillerais à un homme qui possède vraiment la foi de devenir prêtre, ce serait son pire supplice. L'écrivain-vendeur se retrouve dans une position insoutenable : il voit se jouer sous ses yeux, à longueur de journée, le spectacle de l'indifférence qui le tue.

J'ai accédé à ce rare privilège d'observer les comportements d'achat des gens : leur manière de se mouvoir dans les allées avec ce respect distant que je croyais réservé aux cimetières. Leur façon de survoler d'un œil détaché les volumes allongés comme des tombes, cherchant dans leur alignement silencieux les quelques patronymes susceptibles d'éveiller leur reconnaissance. Pages feuilletées d'une main timorée, textes effleurés du regard, couvertures caressées du bout des doigts, de table en table… Parfois de timides illuminations sur les visages, mais si rares.

La littérature érigée en métronome de l'ennui. Une telle vision m'a causé la nausée. J'ai arrêté d'écrire et me suis enfoncé dans une déprime insurmontable. C'est alors que j'ai fomenté mon projet.

Circonstance atténuante, tu constateras que je ne suis pas devenu vendeur pour faciliter mes crimes : c'est ma situation désespérée qui m'a poussé à en commettre. Quoiqu'écrivain, je n'avais pas prémédité l'insouciance de mes semblables.

5

Tu n'as cessé d'accélérer ton rythme de lecture. À présent, le mal est fait. Nous touchons au but.

Ressens-tu cette nausée que j'ai désiré partager avec toi? Cette migraine qui s'est installée sous ton crâne et te paraît le prolongement naturel de ta réflexion ? Cette acidité persistante dans tes prunelles que tes battements de cils n'arrivent plus à soulager, dans l'air sec de la pièce et la fixité de ta lecture, comme si tu avais porté des lentilles trop longtemps?

Les signes avant-coureurs de ta fin ne t'auront pas sauté à la gorge, que tu te racles pourtant afin d'en expurger les impuretés, tout en éprouvant une légère oppression respiratoire. De même qu'un bon acteur ne baisse pas le ton en fin de phrase pour que ses tirades s'enchaînent de manière fondue, la mort est une sentence déclamée dans le fil de la vie.

Tu émets encore des doutes, rechignant à envisager que ton pronostic vital soit désormais engagé. Tu persistes à penser que je te mène en bateau, à l'instar de Charon? Que je mens comme je respire?

Donc que je mens comme j'écris?

Donc, comme tu me lis?

Donc, comme tu respires?

Diable, en voilà, une découverte : je mens comme tu respires…

Vois combien nos rythmes sont liés, combien nous sommes complices. Combien je suis présent en toi, de façon ininterrompue…

Tu te rappelles qu'au moment où je t'ai exposé de quelle manière j'allais te tuer, je t'ai énuméré quatre choses dont j'étais certain à ton endroit.

La première était que tu tenais mon livre.

La deuxième que tu lisais ces lignes.

La troisième que tu réfléchissais activement.

La quatrième que tu n'irais pas regarder la fin de l'histoire.

Il existe une cinquième chose, plus évidente encore, dont je ne doute pas un instant : c'est que tu respires…

L'air tue…

Connais-tu bien les propriétés du cellophane thermocollé? Sais-tu que si tu avais plongé ton livre dans un bain avant de l'ouvrir, il en serait ressorti aussi sec qu'un manuscrit de la mer Morte?

Tu vois où je veux en venir? L'enveloppe de mon ouvrage ne laisse pas entrer l'eau. Son étanchéité signifie, d'un point de vue strictement inverse, qu'il ne laisse pas sortir l'air.

J'ai rédigé un texte court car il doit être lu d'une traite, une fois le film ôté…

Je t'avais parlé des encens liés à toute opération sacrée. Ils se sont exhalés durant ta lecture, de cet emballage aux proportions semblables à celles d'un paquet de cigarettes, répandant dans la pièce et dans tes poumons cette solution de continuité qui unit la vie à la mort, laissant œuvrer cette précipitation lente et naturelle, presque biologique, dont sont traversées les tragédies.

Il se trouve bien d'autres choses encore dont je suis sûr. Par exemple, ayant énoncé que tu lis ces *lignes* en ce moment, j'ai également l'assurance que tu tiens cette page entre tes mains.

Nous évoluons donc non seulement dans le réel, mais aussi en *temps rée*l. Et si cette feuille était l'arme du crime, tu aurais le doigt dessus ! En cet instant. Ce papier dont la partie inférieure droite est comme salie par un nuage anthracite, de la poussière d'encre issue du toner de mon imprimante, sans doute. Un nuage de charbon symptomatique de tout ce que peut ramasser ton épiderme au contact d'un produit qui bave, un corps n'ayant fait l'objet d'aucun contrôle qualité et que la moiteur de ta peau oxyde de manière incontrôlée…

Que de marques noires j'ai glissées entre tes doigts pour signer ta chute. Que d'encens pirates je te donne à sentir.

Je te conseille d'économiser ton souffle, à présent, si tu veux connaître la fin.

4

Maintenant que tu as entamé ton déclin, chacun de tes gestes compte.

Les raideurs dans ton dos ont l'air de s'être assoupies pour faire place à une forme de pesanteur, l'ankylose de tes membres inférieurs s'est étendue à ton bassin, telle une paralysie qui gagnerait sans dire son nom. Ton organisme entier paraît entré dans une phase de démission ou, devrais-je plutôt dire, de rémission. Ton cerveau pris dans un étau ralentissant sa vitesse de réaction aspire à plonger tout ton être dans un profond repos.

L'inflammation dans tes yeux et tes narines te paraît elle-même stabilisée, telle une douleur contre laquelle on ne lutte plus. Tes regards balaient lentement les murs de ton salon, d'un air étranger, comme si ta lecture avait relégué dans un âge lointain le moment où tu habitais cet endroit. Tu aperçois sur une table basse près de toi ton téléphone, que tu gardes toujours à portée de main…

Vas-tu chercher à te raccrocher à la vie en essayant de trouver une échappatoire ?

Tes réactions face aux expédients que je m'apprête à te soumettre éclaireront *a posteriori* le reste de ton existence et te révéleront qui tu étais véritablement.

Quel est ton pronostic, à présent ? Tu es contraint de t'engager, c'est vital. Tu ne peux plus atermoyer, tu as des décisions à prendre.

La police ? Les urgences ?

Eh bien vas-y, appelle-les… Tu en as pour une seconde, ton portable, contrairement à toi, ne se trouve jamais en mode avion.

« De quoi aurais-je l'air ? » t'offusques-tu.

Tu démarres fort. Te voilà donc prêt à mourir par crainte du ridicule…

Ne nourris pas de regrets, de toute manière, la police et les urgences ne peuvent rien pour toi. Ils ne savent pas traiter le mal que je t'inocule. Et même s'ils détenaient l'antidote à mes encens, ils arriveraient trop tard.

Mais le sujet n'est pas là. À défaut de te sauver, tu pourrais être tenté de me dénoncer afin de déclencher une enquête sur mon compte.

Selon que tes motivations sont de me précipiter dans ta chute ou d'épargner de futures victimes, tu peux commencer à apprécier qui tu étais vraiment à l'aube de ta mort. Je te laisse face à toi-même pour cet examen de conscience, qui sera le seul résultat concret de la voie policière par ailleurs sans issue.

En effet, que trouveraient les enquêteurs s'ils se déplaçaient sur mon lieu de travail ? Rien du tout, et certainement pas trace d'un quelconque comportement suspect.

D'abord, inutile de te rappeler que j'évolue comme un poisson dans l'eau au milieu des livres, en tant qu'écrivain. Peu de vendeurs sauraient se prévaloir de ce double cursus. Ensuite, je suis l'unique vendeur du rayon de littérature générale. Nous tournions à deux jusqu'à ce que mon collègue parte en retraite sans être remplacé. Je peux donc agir en toute liberté. Je suis seul maître à bord, après les auteurs.

Dans le même temps, un poste a été créé à la section des romans policiers, où une large place a été réservée aux publications étrangères. La littérature générale est devenue un genre mineur. C'est pourquoi j'y sévis seul. Le groupe a fixé ses priorités : elles concernent les jeux vidéo, le cinéma, la musique, et encore, de moins en moins; les équipements numériques, l'électroménager. En cela, l'entreprise me rejoint sans le savoir : elle est en train de liquider la littérature par l'offre comme par la demande. Elle ignore à quel point je me montre un employé zélé dans la mise en œuvre de ses objectifs, m'évertuant à libérer des espaces au profit du multimédia.

Pour le reste, que dégoterait un policier se radinant pour fureter dans mon secteur, après avoir glané les louanges de mes collègues et de ma hiérarchie? On repère un flic déboulant au rayon livres comme un éléphant dans un jeu de quilles. En le *voyant venir*, j'ôterais mon ouvrage du présentoir; ou bien le passerais sous la table; ou encore poserais un autre volume dessus, en fonction du délai de réaction qu'il me laisserait. Et ceci avec le plus grand naturel, puisque je suis payé pour brasser les titres en salle.

Au cas où un enquêteur aurait eu vent de mon recueil par je ne sais quelle circonstance et me le réclamerait, je dispose d'une parade qui éloignerait définitivement les soupçons : j'ai élaboré une version spécifiquement dédiée aux policiers, aussi inoffensive que mes exemplaires réservés aux femmes, avec un contenu toutefois différent, qui suinte la *fiction* à chaque page et dont je conserve toujours un spécimen à portée de main.

Mais, à la vérité, les flics n'ont aucune raison de venir inspecter mes rayons. Je n'en ai aperçu qu'un seul depuis que j'ai lancé mon projet. Et qu'a-t-il fait, d'après toi ? Il s'est dirigé sans la moindre hésitation vers la section des polars...

Je te le répète : personne ne croit que la littérature générale puisse être nocive.

Et les preuves en comptabilité ? te défends-tu encore en retournant ton exemplaire et en brandissant son étiquette à hauteur d'yeux pour inviter la police à saisir la brigade financière. Il y avait un code-barres, sur cette publication, une référence ! Tout est traçable dans une entreprise de cette taille !

Je te répondrai que mes ouvrages ne laissent aucune trace dans les stocks, puisque c'est moi qui les apporte et les conserve dans mon casier, sans les enregistrer.

La difficulté survient évidemment après le passage en caisse. On pourrait en effet détecter une anomalie au moment de la réconciliation des stocks et des ventes, même si le sens de la fraude apparaîtrait pour le moins inédit : on a maintes fois vu les stocks baisser sans que des ventes aient lieu, ce qui s'appelle du coulage ; on n'a jamais vu des ventes se produire sans que les stocks baissent, ce qui reviendrait pour des clients à repartir sans les articles qu'ils ont payés. Mais qu'importe, aucun détail ne saurait être négligé. Al Capone a bien été coincé pour fraude fiscale après avoir déjoué toutes les investigations criminelles. J'ai donc bouclé mon affaire avec minutie. Si je n'étais pas féru des matières comptables en tant qu'écrivain, les formations professionnelles recommandées par le groupe m'ont beaucoup aidé.

Je t'ai indiqué que sur le ticket de caisse s'inscrivait seulement la fin du second titre : «, vous êtes mort».

Devines-tu pourquoi ?

Parce qu'une autre œuvre de littérature générale porte ce nom : «Passé le Rubicon, vous êtes mort». Grâce au matériel de base acquis par mes soins dont nous avons déjà parlé, j'ai dupliqué le code-barres de ce récit d'anticipation, de sorte que mon bouquin se trouve enregistré en caisse sous la référence de cet article existant. À chacune de mes ventes, je n'ai qu'à soustraire du stock un de ces exemplaires comme s'il avait été vraiment acheté.

Je cale le rythme d'écoulement de ma publication sur la courbe de cet autre texte pour ne pas attirer l'attention des contrôleurs de gestion qui décortiquent les statistiques de ventes. Et l'historique de ce roman dystopique, je le connais bien, pour le suivre depuis un bon bout de temps. Sais-tu pourquoi ?

Parce que c'est moi qui l'ai écrit ! Les ventes à l'étalage auxquelles je procède sur mon dernier livre soutiennent donc le volume des transactions sur mon ancien ouvrage, qui demeure ainsi référencé et me rapporte accessoirement des droits d'auteur à travers cet artifice que je juge plutôt plaisant.

Tu balaies machinalement cette page de ton pouce comme si certains mots, sous ta pression, pouvaient pivoter en dévoilant un passage secret remontant jusqu'à leur géniteur. Et une lueur d'espoir naît dans tes yeux : tu te dis que la solution se trouve précisément là, dans les mots. Que je finirai, pareillement à tant d'autres, perdu par ma création. Si je ne suscite pas la suspicion sur mon lieu de travail, si j'ai conçu une variante de mon recueil inoffensive pour la police, la version originale de mon livre se trouve néanmoins entre tes mains, et c'est bien elle que les flics ausculteront à la loupe en débarquant sur les lieux du crime. Or le cœur d'un texte, c'est son style. Identifiable entre tous.

Quel écrivain oserait tuer avec son œuvre, même sous un pseudonyme, et signer à ce point son forfait ? *Verba volant, scripta manent*, proclame le proverbe antique, dans une maxime à la portée juridique aussi sécurisante qu'un code-barres. Imagine l'empreinte ombreuse de Chateaubriand, la patte tourmentée de Dostoïevski, la griffe maniérée de Huysmans versées au registre des pièces à conviction. Un régal pour les criminologues et les *profilers*.

Alors quoi ?

Eh bien mon style mourra avec toi. Et je m'évanouirai dans les limbes de l'oubli. Car j'utilise avec ma plume acerbe une encre antipathique, si tu me permets de qualifier ainsi le procédé inverse de l'encre sympathique. On ne retrouvera donc dans ton appartement qu'un livre blanc. L'arme du crime s'évaporera, au sens propre, de même que son mode d'emploi éphémère, que tu es en train de déchiffrer avec une attention désormais honorable.

Et mes écrits se seront volatilisés depuis longtemps que leurs effets demeureront gravés dans ta dépouille lardée de mes formules. Tu seras alors l'incarnation parfaite, j'allais dire vivante, de ma devise d'artiste :

Scripta volant, verba manent

J'ai inversé la formule ancestrale pour proclamer la prévalence de l'art vivant sur tout autre genre, car j'estime que la lecture compte plus que le texte, la parole que sa transcription, la musique que sa partition. Un recueil demeure aussi fermé qu'un monument historique ou une église tant que personne ne l'ouvre. Seuls les lecteurs, les visiteurs, les fidèles leur donnent vie en les parcourant, font parler les auteurs, chanter les pierres, ou ressusciter les dieux.

Entrevois-tu également maintenant la raison non exclusivement économique pour laquelle j'ai utilisé ce papier au rendu naturel et à la texture granuleuse, apparentant mon ouvrage à un journal intime ? C'est qu'après la dissipation de mes écrits, il en deviendra réellement un.

Quel paradoxe que ta plus vive expérience littéraire s'efface sans laisser de traces, que sa réalité même s'évanouisse dans l'atmosphère que tu as respirée. Lorsqu'on te découvrira, figé pour toujours dans la tempérance, il ne subsistera à ton côté qu'un carnet de bord immaculé, comme si tu étais resté au seuil de la vie et de l'écriture, vierge en pensée, en action et en édition.

J'ajoute que mon encre temporaire est elle aussi toxique et combine ses effets à ceux du gaz contenu dans l'emballage de cellophane. Je t'avais averti au début de notre rencontre que le sel de mon œuvre se trouvait *dans* ses lignes. J'aime cette idée que chaque mot te distille son poison et que, plus tu progresses dans ta lecture, plus l'ivresse te gagne.

J'aime également le dilemme qui se pose à toi, dorénavant, entre refermer le livre pour mourir plus lentement et poursuivre ta course pour tout savoir.

Y compris s'il existe, au bout du compte, une infime chance de t'en sortir…

J'adore jouer avec tes nerfs. Mais je veux aussi te montrer que, tant que tu n'es pas mort, ce n'est pas la vie qui te condamne, c'est toi-même…

C'est toi qui t'adonnes à la lecture qui te perdra. C'est toi qui te laisses séduire et tuer par les mots, dans une sorte d'extase croissante, un allongement sans fin des voyelles et des sonorités, correspondant au sens littéral du mot épectase.

C'est toi qui es l'instrument de ta propre perte, comme l'exige toute tragédie. Rappelle-toi ce joueur d'échecs de Stefan Zweig, enfermé en son for intérieur davantage que dans sa prison, commençant à jouer dans sa tête des parties réalisées par des champions, puis abandonnant peu à peu leur style pour adopter son propre rythme et finissant par jouer contre lui-même…

La façon dont tu refuseras les issues qui te ramèneraient à la vie t'apprendra plus réellement qui tu es que toute ta vie antérieure. Et c'est bien ton refus, plus encore que ta mort, qui est véritablement tragique.

3

Le feu de ta nuque s'est volatilisé dans tes tissus et semble momentanément apaisé, comme s'il manquait d'oxygène pour se consumer plus avant, à l'instar de tes poumons oppressés fonctionnant au ralenti.

Je te propose un deuxième moyen de t'en sortir, qui tombe à point nommé au moment où le voile brouillant ta vue va bientôt entraver ta lecture, l'atteinte de ton système nerveux dérégler tes gestes jusqu'à t'empêcher de tenir un livre.

Un numéro de portable.

Non pour joindre la police, ni les urgences, mais pour me contacter, moi…

Mon téléphone s'est d'ailleurs déjà affiché sous ton nez sans que tu t'en aperçoives. Des chiffres dans un texte, ça saute aux yeux, pourtant…

Si tu m'appelles, vas-tu tomber sur un message enregistré ? Une annonce de l'au-delà aux accents synthétiques ?

Vas-tu entendre *ma propre voix* ? Et recevoir un choc ?

En pareil cas, te lancerai-je l'anathème ? Te procurerai-je au contraire par mes paroles l'antidote à mes écrits ?

Ou bien poursuivrons-nous simplement notre discussion, dans ce *continuum* qui unit la littérature et la vie ?

Je pourrais t'emmener un peu plus loin, te faire passer en revue ta propre histoire, scène par scène, comme dans un menu d'options, en te demandant d'appuyer sur les différentes étoiles de ton âme. Qui sait quel bonus je t'offrirais si tu composais le numéro.

Je te sens rétif, cependant. Toi qui t'empares d'habitude de ton portable à tout bout de champ, tu réussis à trouver dans tes forces déclinantes les ressources mentales pour refuser de t'en saisir bien que j'avance une excellente raison.

Tu ne crois pas au fond de toi qu'un livre puisse avoir des extensions. Encore moins qu'il puisse être le fruit d'une coproduction à deux voix.

Tu ne mélanges pas les genres. Mieux, comme tu te sais dans l'un des genres les plus mythiques de tous, la tragédie, toi, l'homme occidental pétri de conventions, tu n'oses prendre la responsabilité de rompre le fil de ta lecture et de casser la règle des trois unités. Plutôt mourir que d'altérer une tragédie !

Il te paraîtrait de surcroît absurde d'avoir refusé d'appeler la police et les urgences par peur du ridicule et, à l'approche du grand saut, de m'appeler, moi, ton meurtrier !

Tu te figures en prime la jubilation que je pourrais éprouver à t'écouter agoniser. À enregistrer sur quelque bande-son le *making of* de ta mort et à partager avec les femmes ce bouleversant courrier de lecteur en perdition. Puis à effacer ta voix sympathique promise à l'oubli et à éradiquer de la surface de la terre le dernier signe de toi que tu croirais y avoir laissé.

Allons, ne le fais pas pour essayer de trouver l'antidote ou, pire, de m'apitoyer. N'agis pas par détresse. Mais par goût de la transgression. Voici un terme auquel tu peux souscrire. Fais-le juste… par défi.

Pour te convaincre, au fond, peut-être devrais-je une fois de plus te parler du *comment* plutôt que du *pourquoi.* Peut-être devrais-je simplement te persuader que ce numéro existe. Qu'il est une réalité en soi, presque indépendante des buts que tu pourrais poursuivre avec lui.

Te rappelles-tu l'espérance qui levait dans ton cœur lorsque tu recueillais entre tes doigts un bout de papier chiffonné sur lequel une inconnue avait griffonné son numéro ? L'espérance plus exaltante encore que tu éprouvais à contempler ce numéro après que l'inconnue avait disparu ? Comme si la femme qui pouvait en surgir était potentiellement plus vraie que celle que tu venais de quitter ? Que la séquence unique de chiffres qu'elle t'avait laissée constituait l'une des mensurations cabalistiques de son être ? Et promettait de t'introduire directement dans son intimité ?

Ce numéro n'est pas difficile à trouver. Les chiffres sautent aux yeux, dans un texte.

Je t'aide un peu. En l'absence de tout indice, quelle page t'évoquerait le plus un numéro de portable ?

Ne serait-ce pas, logiquement, la page… six ?

Je répète : la page 6.

Vois combien les chiffres, eux aussi, sont réels…

Si je te souffle zéro six soixante douze quatre vingt… cette succession de mots ne soulève en toi aucune ardeur. Tu en saisis à peine l'objet.

Tant que tu n'auras pas contemplé les chiffres dans leur forme pure, le numéro n'existera pas…

Je vais peut-être réussir cette prouesse de te faire retourner en arrière, de t'ébranler enfin, comme si les Nombres comptaient davantage que les mots…

Eh bien, rends-toi à cette page. Scrute-la minutieusement. Compulse mon livre tel le début d'un annuaire…

Et maintenant que tu l'as *vu*, ce numéro, compose-le.

2

Ce que tu as choisi de faire relève de ton libre arbitre. C'est ta voie et je la respecte, alors que ton esprit envahi par la confusion mentale balance entre deux directions opposées : le renoncement, qui précipiterait l'alanguissement de tes fonctions, ou la rébellion, dans un réflexe forcené de survie pour échapper à la reddition dernière.

Je te soumets un ultime moyen.

La page blanche.

C'est peut-être là qu'il faut plonger, si tu l'as repérée.

Personne n'y prête attention et, pourtant, elle n'est pas difficile à trouver. C'est la première page du livre.

La page de garde, au nom si approprié, compte tenu des périls qui la suivent.

Elle recèle ton épitaphe.

Tu peux écrire sur cette feuille. Y verser un testament, une accusation, une larme qui ne séchera pas, sous forme de délicate pensée.

Chaque geste compte désormais. À ce que tu écris, tu verras qui tu étais.

N'oublie pas que ce recueil sera bientôt ton journal intime. Ton carnet de grand voyage. L'encre de mes paroles s'efface déjà pour laisser place aux tiennes. Tu pourras d'ici peu griffonner sur l'ensemble de ce bloc-notes, si tu n'es pas mort avant. Mon action touche à sa fin, ton consentement prend le relais.

N'as-tu jamais éprouvé l'angoisse de la page blanche ? Un instant capital, où l'on se découvre vraiment, dans un berceau de solitude à la fois inconnue et retrouvée. Et puis on se lance, et c'est fini : l'écriture dessine cette ligne frontière au-delà de laquelle on se perd de vue pour cheminer vers le lecteur. La page blanche est le seul endroit où l'on ne parle que de soi.

Écris par curiosité, mon ami. Parce que tu ne l'as jamais fait et que tu le regretterais toute ta mort. Écris pour secouer sur les marches du néant le joug de ta vie, larguer ce qui n'était pas toi et scruter droit devant. Celui qui cinglerait l'œil rivé sur l'horizon au moment de s'enfoncer dans l'inconnu, sans un geste en arrière, sans un remords, sans offrir le moindre angle au nouveau milieu qui le submerge, ne se coulerait-il pas indemne dans l'au-delà ? Si le choc qui brise la trajectoire des âmes n'était au fond qu'un problème d'indice de réfraction ?...

Écris ce que tu veux, mais écris vite : à l'heure qu'il est, tu peux te faire un sang d'encre.

Écris le nom du Père-Lachaise, qui sonnera comme une dernière volonté.

Écris, que l'on sache pourquoi tu es mort. Et tu dis toi-même *pourquoi* plutôt que *comment*, à présent.

Écris les paroles qui feront de toi un écrivain, maudit quoiqu'il arrive, mais qui t'embarqueront dans l'inconnu de façon personnelle et glorieuse.

Écris en bravant le mépris de ceux qui te survivront et tu seras un artiste.

Écris au seuil de l'éternité sans commettre de fautes, si tu places tes espoirs dans le pouvoir des mots. Entre mot et mort, il y a une différence de caractère.

Écris, mon ami. Déjoue mes pronostics.

Écris et n'aie crainte. Je t'attends.

1

Jusqu'au bout…

Je ne t'en veux pas. Ils ont tous agi comme toi. Presque tous.

Incrédules, en effet. Et pourtant curieux.

Bravaches, mais consentants. Perclus d'ennui et continuant d'aller de l'avant. Que de paradoxes dans les postures de l'homme. Que de faux-semblants…

Alors que la vie est si belle…

Comment vas-tu ? Parviens-tu à discerner ces lignes sans trop d'efforts ? Ressens-tu cette oppression que l'on éprouve dans les ascensions de haute montagne, lorsqu'à chaque pas supplémentaire l'air se raréfie, que l'éther consume lentement les sinus ? Perçois-tu l'arythmie cardiaque provoquée par mon style, qui t'a permis de trouver ton tempo libérateur ? Épargne ton souffle. Et surtout, lis bien dans les lignes. Tu aurais le vertige, sinon. Tu serais happé par le blanc.

Le temps t'est compté désormais. Tu t'en étonnes : il te semble s'allonger, au contraire. Tu perçois toujours dans tes mains le poids du volume, les mots tremblants dans la lumière blonde, qui te paraissent projetés sur le papier comme les ombres d'idées flottant dans tes méninges… Il te reste encore tant de pages à lire, à découvrir, à feuilleter. Tant de jolies phrases à laisser filtrer à travers le voile de tes yeux, de formules à tamiser…

Et pourtant, si c'était *celle-là*?

Si c'était la dernière page? Celle que tu vas tourner comme on pousse la porte du paradis?

Si c'était la feuille après laquelle une lumière aveuglante estompera tous les mots?

Tel le soleil se répandant sur un écran? Dissolvant les formes, et le sens, et la vue, et la vie?…

J'ai reçu beaucoup d'appels, tu sais, de nombreuses femmes. De quelques hommes également. Ils avaient une drôle de voix…

Tu préfères que je te raconte ce que me disaient les femmes?

Elles me disaient qu'elles étaient réellement immunisées, car elles connaissent le poids des mots.

Elles me disaient que les mots étaient faits pour durer. Qu'ils avaient la consistance du granit.

Et les hommes les employaient pour décrire leurs sentiments…

Elles me disaient qu'aux yeux des hommes, le rythme tenait souvent lieu de sentiment.

Ils marchaient à l'air libre en suivant les mouvements de leur âme et les senteurs de la terre. Et ils pensaient des choses vraies sur le moment. Simplement, pour eux, ce n'étaient pas les choses qui étaient vraies, c'était le moment. Il fallait leur pardonner car ils étaient sincères.

Et moi, je leur disais que je les aimais.

Je leur disais que l'homme traversait le monde emporté par son rythme. Que c'était sa faiblesse et sa beauté. Sa tragédie.

L'odeur de l'encre et du papier parviennent-elles à tes narines, à présent ?

Je sais ce que tu penses : oui, peut-être… peut-être que je sens les effluves de ces pages ondoyantes, le bouquet diffus des mots qui s'évaporent…

Tu décèles aussi un subtil arôme de goudron dans ta gorge, perçois le froissement des feuilles se recouvrant, leur grain sous tes doigts.

Quand on approche de la mort, vois-tu, les sentiments s'estompent, comme on revient sur soi. Ils cèdent la place aux sensations.

Et c'est ainsi que les mots résonnent en toi. De manière sensible.

Ceux qui t'ont le plus meurtri et dont je t'ai déchargé.

Ceux que tu as terrassés toi-même et sur lesquels tu te penches avec tendresse.

Ceux que tu affectionnes plus que tout et désires emporter.

Je pourrais les écrire, mais déjà les signes s'effacent. Les lettres s'élident et les pensées s'éludent. Les mots sont happés par ton âme, ils se répandent en toi…

Tu peux les inhaler comme ta réalité la plus chère…

Les prononcer à ta manière… selon ton rythme…

Puis les expirer dans un souffle…

« cher ami »

votre conse

« mon frère »

l'espace de l'âme

l'unité de lieu votre esprit

72

l'appel de la mort

Monde blanc

page blanche

comment, comment… toujours comment…

« l'œuvre de trop » ?

VERBA MANENT

SCRIPTA VOLANT

l'unité d'action votre lecture

l'unité de temps le rythme

de votre lecture

livre nuit grave

∞

Bienvenue à vous.

Avez-vous observé ce qui advient au moment du passage ? Le langage se retire. La vie se désencre. Elle blanchit sous la réfraction du trépas.

La mort est ce spectre invisible qui embrasse notre existence, depuis toujours, et finit par dissoudre la seule part de nous-mêmes que perçoivent nos sens de mortels.

Maintenant que vous êtes arrivé de l'autre côté, avez-vous compris pourquoi je vous ai choisi ? Pourquoi vous avez lu votre ruine jusqu'à la lie, de façon consentante, et poursuivi votre descente aux enfers sans vous interrompre ? Comme si votre long cheminement vous avait donné le temps de l'approcher, de la toucher, pour ainsi dire de la traverser... puis de la regarder s'éloigner derrière vous, telle une réminiscence... un mirage que l'on distingue d'abord devant soi, chargé d'incandescence et de particules de goudron, un péage mouvant se déplaçant sur le fil de la route, tantôt loin, tantôt proche, que l'on atteint finalement par hasard et que l'on passe sans s'arrêter. Que l'on retrouve ensuite incidemment dans son rétroviseur, loin, tellement loin déjà qu'on se demande si c'est bien le même... si on ne l'a pas franchi depuis longtemps... si, au fond, vu qu'il semble inaccessible et que nos sens vacillent... on n'est pas... déjà mort...

Ce mirage s'est produit sous vos yeux, dès le début, à travers le halo phosphorescent et poudreux des lettres vertes scintillant à la surface de l'écran :

« , vous êtes mort »…

Réalisez-vous, à présent, où se trouvait votre péage ? Distinguez-vous la virgule dont s'est aidé Charon pour donner dans l'onde le coup de rame qui vous a fait glisser d'un état à un autre ?

Percez-vous pour quelle raison les détecteurs n'ont pas sonné et pourquoi les vigiles vous ont autorisé à sortir, ou plutôt à entrer, eux dont la fonction est d'interdire aux vivants les portes du royaume ?

Saisissez-vous cette sentence aux contours flous miroitant au milieu de la première page, que vous avez passée sans vous arrêter et laissée s'éloigner dans votre rétroviseur ? Qui n'était déjà plus une mise en garde, mais un constat. Et même une invite :

« Lisez plus avant, vous êtes mort »…

Pénétrez-vous également pourquoi je vous parle ? Et pourquoi vous m'entendez ? Pourquoi la police ne m'inquiétera pas ? Pourquoi j'étais effectivement présent auprès de vous, tel un dieu ?

Parce que, moi aussi, je suis mort.

Je vous ai proclamé que l'approche de votre fin nous conférait une certaine proximité. Nous sommes toujours voisins, à vrai dire. Et pour l'éternité.

Je suis mort, et j'écris pour les morts, parce que, vivant, j'écrivais pour les vivants. Ce livre est le reflet d'un autre que j'ai réalisé, celui qui vous a bel et bien tué.

Tout ce que j'ai retracé vous est réellement arrivé. Mais vous ne vous en souviendriez pas si je ne vous l'avais rapporté. Ignorant les circonstances exactes de votre trépas, l'enchaînement particulier des différents mots et maux qui vous ont annihilé, vous auriez erré dans les limbes comme une âme en peine. Nous avons donc rejoué les conditions de votre disparition. Je vous ai amené à franchir à nouveau ce mirage dans lequel la vie et la mort s'enlacent tels deux amis, deux états superposés que vous ne pouviez désenchevêtrer qu'en les observant en pleine conscience. Je vous avais promis au début de notre dialogue que je vous dévoilerais la singularité de votre état. Vous voici à même de reposer en paix dorénavant.

Vous voudrez bien excuser la poignée d'artifices que vous aurez vraisemblablement jugés enfantins : vous me contenterez si vous les qualifiez plutôt de ludiques, dans cet univers sévère où nous baignons désormais et où la notion d'enfance, du reste, n'a nul droit de cité. De façon quelque peu contradictoire, l'absence de vie confère aux choses et aux phénomènes une persistance qu'ils n'avaient pas auparavant. L'encre éphémère n'existe pas chez les morts, car rien ne s'efface plus, ici-bas, vous verrez que c'est usant, à la longue. Les passages que vous avez lus ne représentaient donc qu'une pâle copie, pour ainsi dire figée, des mécanismes organiques à l'œuvre dans mon livre originel. Mais je vous devais cela. C'est la règle.

J'ai lancé par conséquent le compte à rebours une nouvelle fois et fait rouler votre vie sur le tapis, telle la boule noire au billard, avec laquelle on peut frapper les autres pour les rentrer dans les trous, mais qui ne doit tomber elle-même qu'en dernier, sous peine de perdre la partie. Et quand cette boule est percutée, son numéro « 8 » en toupillant dévoile un « ∞ », le signe de l'infini.

Je vous ai demandé de lire dans les lignes, avec une extrême attention, afin que vous enchaîniez toutes les boules à la suite et que chaque réminiscence purge en vous les différentes étapes de votre véritable mort. Dans le but de vous sauvegarder, donc, et non plus de vous nuire.

Car je n'avais pas tant de haine envers vous, dans le monde des vivants.

Mais vous tuer était vital pour moi.

Je vais vous révéler mon histoire authentique. Ou plutôt, mon histoire complète, car tout ce que je vous ai conté était vrai.

Connaissez-vous le syndrome de Stendhal, qu'on appelle aussi communément le syndrome de Florence ? Il décrit ce phénomène, observé par l'écrivain lors de ses périples en Italie, de certains touristes succombant devant la surabondance de beautés dont leurs regards étaient assaillis. Un pareil mal affectait les voyageurs que le contact avec l'Italie plongeait brutalement dans un lustre de splendeurs architecturales et picturales auxquelles ils n'étaient pas accoutumés.

L'art tue...

Ce phénomène a été résumé dans la merveilleuse formule de Thomas Mann : « Qui a vu la beauté voit la mort ».

Étant jeune, j'ai connu de pareilles affres à travers la littérature. La lecture me bouleversait, me jetait dans des états semblables à ceux relatés par Stendhal. J'en suis passé par des crises aiguës qui ont failli me coûter la vie et contre lesquelles les médecins ne disposaient pas de remède.

L'antidote, je l'ai découvert moi-même. Un jour que je lisais un roman dont les scènes me submergeaient tant je les trouvais palpables, je me suis emparé d'un stylo et me suis mis à écrire. Quelques lignes à peine, naïvement troussées, prolongeant cette réalité qui me faisait souffrir. Mais lorsque j'ai repris ma lecture, encore confondu par ce que je venais d'oser, il m'est apparu que mon affliction se muait peu à peu en un plaisir plus fort que le mal.

La solution à mes crises m'a sauté aux yeux : je suis devenu écrivain. J'ai compris qu'il m'était indispensable de chercher à produire autant de beauté que j'en recevais, de manière à évacuer le trop-plein que déversait l'art en moi.

J'ai saisi que la phrase de Thomas Mann contenait en elle-même le contrepoison au symptôme qu'elle décrivait. Ainsi que toute formule magique, elle pouvait être inversée : « Qui a vu la mort voit la beauté ». L'écrivain était un lecteur qui, pour n'être pas mort d'avoir lu, se devait à son tour d'écrire. Avec ce corollaire terrible : il ferait lui aussi de nouvelles victimes...

Je suis devenu obsédé par cette « réalité » de l'art, dont l'une des faces était l'aspect créateur, et son pendant indissociable, le pouvoir de sidérer.

Je remarquai cependant, du moment où je devins vendeur, qu'une multitude d'individus passaient à travers la lecture comme à travers une atmosphère ionisée. Qu'ils en ressortaient indemnes, voire délassés et revigorés, sans avoir même pris conscience un instant du danger qui les guettait. Ces lecteurs ne remettaient pas en cause la validité de mes découvertes, non : simplement, ils ne lisaient pas. Je me figurais par comparaison les touristes de Stendhal visitant l'Italie avec des œillères.

Leur inconséquence me dévastait. Avoir la capacité de donner la vie sans être apte à donner la mort me différenciait du dieu de plein exercice. Étonnant, me direz-vous, cette inclination barbare : posséder la chance de prodiguer le bien seul, délivré de sa part d'ombre, et souhaiter se joncher dans la fange à l'image des divinités ancestrales ? Cette question me dépasse, de même qu'elle a dérouté maints observateurs des religions.

Je déclarerais seulement pour ma défense que je souffrais de ne pas reconnaître en les autres mes semblables. J'ai alors fomenté le projet que vous savez, tant par dépit que pour faire goûter à mes congénères, et à vous notamment, la force de la littérature.

Néanmoins, je vous ai vraiment laissé votre chance, en vous plongeant dans les conditions exactes par lesquelles en étaient passés tous les écrivains.

Vous devinez par conséquent quel était l'unique moyen de vous sauver ? D'accéder au remède que j'ai moi-même trouvé jeune et tenté en vain de vous montrer ? Cette page blanche, au début du livre, renfermait dans le grain de son papier une substance qui, exposée à l'air ambiant, libérait lentement un gaz neutralisant les substances nocives disséminées dans le reste du volume. Pour que le gaz dégage ses pleins effets, il fallait que l'ouvrage demeure ouvert à cette page un certain temps. Et dans quel but s'attarder devant un feuillet virginal, si ce n'est afin d'écrire ? Vous eussiez été sauvé si vous aviez commencé à édifier votre œuvre sur les vestiges de la mienne en train de s'effacer. À l'image de ces artistes peignant leurs tableaux par-dessus d'anciennes toiles de maîtres, en perpétrant des parricides qui ne résultaient pas seulement, selon moi, des motifs économiques généralement invoqués par les historiens.

Voilà. Vous savez tout…

L'adage antique spécifiait que dans le monde, il y avait les vivants, les marins et les morts. Maintenant que les frontières de la découverte se sont déplacées, on peut formuler à raison qu'il y a désormais les vivants, les artistes et les morts.

L'écrivain est ce voyageur revenu des enfers qui porte en lui la lourde tâche de le dépeindre aux mortels. Il épanche la beauté qu'il a contemplée sur ceux qu'elle fera succomber et se maintient alors en vie plus longtemps. Mais ce sursis qu'il acquiert sur terre par le sang des autres, il le paie dans l'au-delà. Une fois disparu, il ne peut reposer en paix, contrairement à vous. Car il reste habité par la beauté. Et la beauté est froide, aux enfers. Elle y montre son vrai visage. Les artistes demeurent immortels, même dans la mort.

Pour ma part, je vous concède que j'ai tué par faiblesse, délibérément, quand les génies tuent par trop-plein de vitalité dans la plus totale inconscience. J'ai fait ce que vous savez afin de les rejoindre et je ne le regrette pas : ils sont tous là, s'entassant pêle-mêle sur les rives, dans un fourmillement qui n'est pas sans me rappeler les allées et les rayonnages de ma librairie. Comme vous pourrez le constater, l'enfer est pavé d'artistes. C'est un lieu somptueux.

Maintenant que nous sommes à nouveau voisins, appelez-moi. J'ai conservé le numéro que je possédais dans la vie. Seul l'indicatif de la zone diffère : le « 0 » ici se change en « ∞ ».

Appelez-moi, cher ami. Ma proposition est sincère, je n'y mets pas de guillemets.

Vous qui aimez les auteurs morts, nous allons pouvoir nous rencontrer. Je n'ai pas complètement renoncé à vous convertir en lecteur assidu, figurez-vous. Je souhaiterais que vous découvriez l'art non plus avec votre esprit, mais avec votre cœur, enfin libéré de l'auguste fonction d'insuffler à vos poumons un rythme d'homme.

Le moment n'est-il pas venu de vous montrer aussi que lire sauve, afin que vous puissiez commuer votre mort en un brillant recueil ?

Cet ouvrage a été achevé d'imprimer en août 2023
sur les presses de l'imprimerie Colorix
à Sofia, Bulgarie
pour le compte de
Cohen&Cohen éditeurs à Paris XIII.

La photogravure a été confiée à
Graphium, Paris.

Du même auteur

Chez le même éditeur

Les Âmes peintes, roman, 2019
Les Fleurs jumelles, roman, 2021